Siri S

Ungel(i)ebte Unterwerfung

Ein autobiografischer BDSM-Roman

SCHWARZE ZEILEN
Verlag

Bibliografische Information der Deutschen Nationalbibliothek

Die Deutsche Nationalbibliothek verzeichnet diese Publikation in der Deutschen Nationalbibliografie; detaillierte bibliografische Daten sind im Internet über http://dnb.d-nb.de abrufbar.

ISBN 978-3-945967-61-1

1.Auflage 2019

www.schwarze-zeilen.de

© 2018 Schwarze-Zeilen Verlag

Ein Imprint des footstep-Verlag

Reichenaustr. 81c, 78467 Konstanz

Alle Rechte vorbehalten

Coverfoto: © Andrew – stock.adobe.com

Printed in Germany

Hinweis

Auch wenn diese Geschichte, die Geschichte der Autorin ist, so wurden Personen, Orte und Handlungen verändert und entspringen der Fantasie. Ähnlichkeiten mit realen Personen sind nicht beabsichtigt.

Die auf dem Coverfoto abgebildeten Personen stehen in keinem Zusammenhang mit dem Inhalt dieses Buches!

Dieses Buch ist nur für Erwachsene geeignet, die sadomasochistischen Praktiken offen gegenüberstehen. Alle beschriebenen Handlungen erfolgen in gegenseitigem Einverständnis zwischen Erwachsenen.

Bitte achten Sie darauf, dass das Buch Minderjährigen nicht zugänglich gemacht wird.

Viel Spaß beim Lesen dieses Buches.

Vorspiel

Zuckende schwitzende Leiber, grell leuchtend blitzendes Licht, harte ohrenbetäubende Bässe, buntnackte andersartige Menschen, die sich skurril bewegen und ihre Körper aneinander reiben. Mit offenen Augen träumend sitze ich auf einem Stuhl, über dessen Vorleben ich lieber nicht nachdenken möchte, wie ein Film bewegt sich die Masse zu den Klängen, die nur noch musikähnlich ist. Ich muss da nicht hinein, es reicht mir das Spektakel zu beobachten, wie unterschiedlich doch das Volk ist - der Banker neben der Hartz-IV-Empfängerin - der Schüler neben dem Lehrer - die Tussi neben dem Hardcoreraver - Alltag vergessend!

Es öffnet sich ein Spalt und Mika, meine Freundin wird ausgespuckt, sie kommt auf mich zu und bleibt abrupt stehen, winkt mich mit einem Finger zu sich, wortlos. Ich stehe auf, sie mustert mich, den tiefen Ausschnitt meiner Korsage. Sie dreht sich um und winkt mich hinter sich her, ich folge ihr. Hoffentlich will sie mich nicht in die Menge werfen, mir ist nicht nach Tanzen, aber nein sie steuert auf den vorderen ruhigeren Raum zu, will mir sicher etwas erzählen. Doch sie läuft geradeaus weiter zu den Damentoiletten, was will sie dort mit mir? Eine Kabine ist frei, ihr Blick ist ernst, was ist passiert? Ich fühle die Enge der Kabine, keine Fluchtmöglichkeit, nur wir beide. Mika nimmt mir die Tasche vom Arm, hängt sie an den Haken, ich bin irritiert, sie guckt mir tief in die Augen.

»Liebes, ich soll Dir schöne Grüße von IHM bestellen.«

Ich bin noch mehr verwundert, dafür holt sie mich extra hier hinein? In mir steigt Unbehagen auf, ungute Erinnerungen, sie streichelt meinen Arm und schaut mich bedauernd an. Was will sie mir mitteilen? Dann die Erlösung:

»ER bedauert sehr das er heute Abend nicht hier sein kann und möchte aber das Du auch fein an ihn denkst!«

Erleichterung, ich schließe die Augen, keine Hiobsbotschaft, er möchte, dass ich an IHN denke, wie einfach.

Plötzlich wieder Mika´s Stimme:

»Jetzt dreh Dich bitte um!«

Noch mehr Verwirrung, was kommt jetzt, ach ja wir sind ja in einer Toilettenkabine. Jetzt begreife ich endlich, er hat ihr etwas aufgetragen. Ich drehe mich zur Wand um, funktioniere nur, keinen Plan habend was mich erwartet und warum. Sie streichelt mir die Arme hinauf, bedeutet mir, sie hinter den Kopf zu nehmen, schiebt mir den Rock hoch und fährt die Konturen meines Hinterns nach.

»Zehn hat ER gesagt«, höre ich Mika sagen, sie wird doch nicht etwa? Nein tut sie nicht, war es das? Wollte ER nur, dass ich weiß, dass er könnte, wenn er wollte? Ich versuche zu hören was hinter mir passiert, kann aber nur die Bässe spüren, wie sie die Wände vibrieren lassen, Gegacker von pubertierenden Hühnern auf der anderen Seite der Tür. Plötzlich wieder eine Berührung, sehnendes Verlangen nach Zärtlichkeit steigt in mir auf, geschuldet der zu langen Entbehrung. Sie dreht mich zu sich um, ich bin eine Puppe, folge ihrer wortlosen Anweisung, spreize die Beine, mein Kopf lehnt an der Wand, die Augen geschlossen. Sie streicht meine Beine hinauf, will sie nur nachsehen, wie mein neues auf meinen Wunsch von ihrem Dom gestochenes Piercing geworden ist? Schließlich hatte Horst es nicht mehr gestochen, aber ich wollte dennoch vollständig sein. Ich fühle, wie sie mir zwischen den Beinen entlangstreicht, die großen Schamlippen nimmt, daran zieht, nein das kann nichts mit dem Piercing zu tun haben. Plötzlich ein beißender Schmerz, der Versuch einzuordnen, was es ist, aufsteigen der Gewissheit: Klammern. Drei Stück, auf jeder Seite, glaube ich, versuche ich nachzuzählen. Mir schießt es durch den Kopf - ER will, dass Du den ganzen Abend an ihn denkst - nein bitte, ich muss jetzt nicht mit diesen Dingern da raus? Dann die Verlagerung des Schmerzes auf die Innenseite der Arme, nein das kann sie nicht tun, wie sieht denn das aus? Nur fühlen, nicht denken!

»Und nun öffne Dein Mäulchen und streck fein die Zunge raus«.

Weigerung, das tut doch aber weh! Sie macht mir gewaltsam den Mund auf, was soll`s, wogegen wehre ich mich? Die Klammer ist eklig, es dauert nicht lange und mir tropft der Speichel aus dem Mund, wie lange steh ich hier schon? Und dann die Erlösung, Mika löst die ersten Klammern, eine langsam, eine schnell, es tut weniger weh als erwartet. Nur die an der Zunge lässt sie mir noch, ich will schlucken, es geht nicht. Dann endlich werde ich auch dieses Anhängsel los, lehne meinen Kopf an die Wand und spüre, wie sie mich umarmt, weich, warm, nah. Aus der Tiefe heraus.

»Dank an IHN! Dank Dir meine Liebste!«

Mika öffnet die Tür und wir sind wieder mitten in der Wirklichkeit, geblendet, gehen zu den Anderen, als wenn nichts gewesen wäre. Wissend und liebevoll zwinkert sie mir zu, ich setzte mich wieder und beobachte das Treiben bis ins Morgengrauen, mit einem Lächeln im Gesicht und Gedanken an IHN!

Wie er das nächste Mal, wenn wir uns sehen würden, von hinten an mich herantreten würde, mich fest umarmen, sein Gesicht in mein Haar tauchen und nur ein Wort flüstern würde:

»Meins!«

Kapitel 1

Aber IHN gab es nun nicht mehr!

Matthias war aus meinem Leben verschwunden, nein ich hatte ihn verbannt. Ich hatte ihm unabdingbaren Gehorsam geschworen, war sein Eigentum gewesen, mit dem er tun und lassen konnte, was er wollte. Fast drei Jahre lang hatte er mich geformt, nein, er formte meine Gedanken, die Idee wie eine perfekte BDSM-Beziehung funktionieren konnte. Emotional war ich noch lange nicht darüber hinweg und auch die Träume waren allgegenwärtig, nachts und auch tagsüber. Rein äußerlich funktionierte ich, wirklich abgeklärt und ruhig. Ich wollte niemandem an meinem Innenleben teilhaben lassen, aber es wollte dennoch raus aus mir.

-

Unser Selbst

Ich schaue Dich an.

Du sitzt mir gegenüber, aufrecht, fast mürrisch.

Doch die Traurigkeit ist nicht zu übersehen, sie ist Dir eingegraben. Die Spuren in Deinem Kopf, werden verblassen aber nie verschwinden, denn sie sind tief. Die Tränen in Deinen Augen, ich möchte sie Dir gerne wegwischen, aber es geht nicht. Die Sorgen in Deiner Seele, ich würde sie Dir gerne nehmen, aber ich komme nicht heran. Die Hoffnung in Deinem Herzen, ich würde sie Dir gern wiedergeben, aber ich brauche sie für mich selbst. Ich möchte Dich umarmen und trösten, doch Du bist wie hinter Glas. Ich würde Dir gern helfen Deine Gedanken zu ordnen, wieder so zu werden, wie Du warst, damit ich Dich wieder mit dieser Leichtigkeit ansehen kann wie früher. Ich möchte mich wieder für Dich freuen können, dass Du glücklich bist. Ich weiß, all das kann nur ich, aber ich bin wie gelähmt und Du lässt es einfach nicht zu.

Wieso gibt es so viele, die Dich wollen und doch habe nur ich Dich wirklich?

Wieso gibt es so viele die, glauben Dich zu kennen und dabei sehen sie nur das, was Du ihnen zeigst?

Wieso gibt es so viele, die Dich begehren und nur ich weiß, wie es sich wirklich richtig anfühlt?

Du bist nicht schön, aber etwas ganz Besonderes. Du bist etwas, was jeder haben möchte, aber doch niemand braucht. Du bist tiefgründig, doch ist es den meisten dort unten zu dunkel. Aber Du bist auch der Sonnenschein, der manch einem zu hell ist. Ja Du bist extrem, schwarz oder weiß, für Dich gibt es kein dazwischen.

Der Sex mit Dir letzte Nacht, er war nicht wirklich gut. Da war nichts Zärtliches, nichts Gefühlvolles, es war nur mechanisch, Bedürfnis-befriedigung, weil wir es beide brauchten.

Die Gespräche mit Dir in letzter Zeit, sie drehten sich immer nur um eins. Nichts brach aus dem Kreis, der immer selben Gedanken.

Das Lachen es war aufgesetzt, nicht herzlich, nicht erfrischend. Es war nur aus Notwendigkeit, um abzulenken, von dem, was hinter der Fassade geschah.

Und genauso will ich es NICHT! Es fühlt sich schal an, unvollständig, aber es war einfach notwendig, es ging nicht anders, nicht bei Dir und nicht bei mir.

Meine Gedanken schweifen ab, Erinnerungen ... sie sind schön, quälerisch, ausgelassen, gespenstisch, glückselig. Dennoch waren sie das, was unser Leben bereicherte, was es lebens- und erstrebenswert machte.

Wie viele wunderschöne Stunden gab es, doch wie viele wird es noch geben?

Wie viel Angst und Traurigkeit haben wir erlebt, doch macht uns nicht genau das zu dem, was wir sind?

Wie viele Dinge haben wir an uns entdeckt, doch wie viele kennen wir noch nicht?

Wir werden wieder Sex haben, der zärtlich und gefühlvoll ist, nichts Mechanisches, mehr als Bedürfnisbefriedigung, weil wir es beide brauchen.

Wir werden wieder Gespräche führen, die sich um alles und nichts drehen werden. Die ausbrechen aus dem Kreis, der immer selben Gedanken.

Unser Lachen wird nicht mehr aufgesetzt sein, sondern herzlich und erfrischend. Nicht nur aus Notwendigkeit, um abzulenken, von dem, was hinter der Fassade geschieht.

Und plötzlich fühle ich sie wieder, die Leichtigkeit, die Hoffnungen, die Sorglosigkeit und den Mut. Sacht, aber dennoch spüre ich sie, die Vorläufer der Zukunft. Denn eines ist gewiss- DU wirst immer bei mir sein, egal was passiert und egal, wen es noch in unserem Leben geben wird.

Ich sitzt Dir gegenüber, aufrecht, fast mürrisch.

Und Du schaust mich an ... im Spiegel.

-

Ich ging nun auch wieder regelmäßig zu den Stammtischen in Wendys Wohnzimmer, und als mich eine Stammtischleiterin ansprach, ob ich das Subbiekränzchen übernehmen möchte, da sie keine Zeit mehr dafür hatte, willigte ich gerne ein. Schließlich hatte ich schon genug erlebt, um anderen Subis mit Rat und Tat zur Seite zu stehen - oder einfach nur von meinen Erlebnissen zu berichten. Die Geselligkeit unter Gleichgesinnten tat mir gut und ich lernte andere Menschen kennen.

An einem solchen Abend lernte ich Axel kennen. Er war versehentlich in diese Runde geraten, denn er war alles andere als Sub. Deshalb musste er auch am Tresen parken, wie es die Abendankündigung vorgab, und beobachtete uns, nein mich! Ich konnte mich sehr schwer auf die Runde konzentrieren und war ziemlich froh, als er dann etwas später in den Raucherraum verschwand. In einer Pause sprach er mich dann an, wie ich in der SZ heißen würde, da er mich gerne kennenlernen würde, jetzt aber wegmüsse. So entspann sich in den folgenden Tagen ein reger Mailaustausch, gefolgt von weiteren Treffen. Ich hatte ja aus Erfahrung gelernt - geh nie mit einem Mann, den Du noch nicht kennst, nach Hause und darauf bestand ich auch. Daher verabredeten wir uns in Cafés und Bars oder gingen zusammen ins Kino.

-

»Zieh Dein Kleid aus, los zeig uns, ob Du zu viel Speck für Dein Alter auf den Rippen hast!«

Ihr laufen die Tränen über die Wangen, tief gedemütigt so vor ihrem Mann und ihrem Sohn zu stehen. Sie zögert, ihr Blick gleitet zu Boden.

»Los sag: zieh Dich bitte aus, Schatz«, wird nun ihr Mann aufgefordert.

Auch er zögert, zu skurril erscheint die Situation, doch ein plötzlicher Schmerz, der sein gebrochenes Bein durchzuckt, lässt ihn umschwenken.

»Zieh Dich aus, Schatz«, presst er unter Schmerzen hervor.

»Bitte, das heißt BITTE!«

»Wir wollen doch freundlich zueinander sein«, zischt sein Gegenüber und holt noch einmal zum Schlag aus.

»BITTE, zieh Dich BITTE aus, Schatz«, winselt er flehend. Sie wagt sich nicht, eine überflüssige Bewegung zu machen, und lässt langsam ihr Kleid zu Boden gleiten.

***

Nass, ich war nass, merkte, wie mein Slip durchfeuchtet wurde, wie eine Hand sich zwischen meine Beine drängte. Das, was ich gerade gesehen hatte, war, trotz des Filmtitels »Funny Games«, Brutalität pur und es machte mich an. Das Kino war dunkel und eng und ich spürte nur all zu gegenwärtig die Nähe, die mein Sitznachbar ausstrahlte. Spürte den Schmerz, den er durch das Zusammendrücken meiner Hand und das Hineinbohren meiner eigenen Fingernägel verursachte, ich durfte keinen Laut von mir geben, um die anderen Besucher nicht auf uns aufmerksam zu machen. Ich wusste, dass er mich beobachtete, und meine Qual in sich aufsaugte, wie ich mich vor Geilheit und Schmerz wand.

Es fiel mir schwer, der Handlung zu folgen. Sie liegt mit zusammen-gebundenen Händen und Füßen da, möchte sich gegen die Worte und Taten ihrer Peiniger wehren und weiß doch das sie keine Chance hat, denn der Knebel verhindert ihre Schreie. Sie sieht göttlich aus, ich weiß, wie sie sich gerade fühlt, und schäme mich nicht mehr dafür, sie zu beneiden.

Wir liefen die Straße entlang, die voll war von Jugendlichen, die aus den Bars und Kneipen hervorquellen.

»Oh ein Spielplatz, wie passend«, hörte ich nur noch und merkte, wie ich an den Haaren zur Seite weggezogen wurde, keinen klaren Gedanken mehr fassend. Er war verwaist und dunkel - und mir lief es kalt den Rücken hinunter. Die abgekühlte Nässe, die sich immer noch zwischen meinen Schenkeln sammelte, verstärkt dieses eisige Gefühl.

»Knie Dich hin«, hörte ich zwischen den Ohrfeigen, die ich ungefragt bekam und schon hatte ich seinen harten Schwanz tief in meinem Rachen. Ich musste würgen, aber das störte Axel nicht weiter, er hielt mich immer noch an den Haaren fest und fickte mich in den Mund.

Stimmen, irgendwo her, doch zu nah, um sie zu ignorieren. Er zog mich nach oben und ließ mich ruckartig stehen. Ging tiefer auf den Platz zu einer Rutsche, er war kaum noch zu erkennen in der Dunkel-heit. Ich wagte nicht mich zu bewegen, hörte nichts, roch nichts, spürte nichts, bis er mich rief. Ich ging zögernd zu ihm hin, was erwartete mich dort?

»Los zieh die Hose aus ...«

Mist, warum hatte ich auch eine Hose angezogen, ich hätte doch wissen müssen, dass er nicht nur ins Kino mit mir will.

»Dreh Dich um und Beine auseinander«, befahl er mir kurz und knapp. Mein Herzschlag dröhnte in meinen Ohren, mein Blut rauschte laut, zu laut, er musste es hören. Ich lehnte mich an die Treppe der Rutsche und hielt mich an den Sprossen fest, so gut es ging, während er mich von hinten fickte. Es war so geil, die Dunkelheit, das Wissen, dass es eigentlich ein Kinderspielplatz war und das auf den umliegenden Häusern jemand auf dem Balkon stehen könnte. Als ich kurz davor war zu kommen, ließ er von mir ab, ging einen Schritt zurück und beobachtete mich. Dann ging er weg und ich versuchte zu hören was er vorhatte, ließ er mich jetzt so da stehen, weil er wusste das ich mich nicht rühren würde?

Die Sekunden wurden zu Stunden ... ein Knacken, weit weg, wo bist Du?

»Hast Du gefragt, ob Du kommen darfst?«, herrschte er mich dicht hinter mir an, ich war so in mich vertieft, dass ich ihn nicht kommen hörte und plötzlich merkte ich einen dumpfen Schlag auf meinen Hintern, der noch vom Vortag gezeichnet war. Ich konnte meinen Schrei nur schwer zurückhalten, stopfte mir mein Tuch, das mich vor der nächtlichen Kälte schützen sollte, als Knebel in den Mund und spürte schon den nächsten Schlag. Der Schmerz breitete sich in meinem Kopf aus, explodierte und ich versuchte zu orten was es war, was mich da traf. Ich konnte mich kaum noch aufrecht halten, die Schläge wurden immer intensiver und kürzer hintereinander, als er mich mit, »Steh gefälligst still«, zur Ordnung rief. Ich wollte es ja, aber meine Beine gaben nach, so sehr ich mich auch zusammenriss, der Schmerz wurde einfach unerträglich.

Er zog mich wieder nach oben und holte ein letztes Mal aus. Jetzt wusste ich, was es war, denn der Knüppel, den er sich aus dem Gebüsch gezogen haben musste, brach mit einem lauten Krachen auseinander. Es war vorbei ... nein war es nicht, denn er hatte in Windeseile seinen Gürtel aus der Hose gezogen und ein breitflächiger

Schmerz, den ich so hasste, breitete sich auf meinem Hintern aus. Und endlich konnte ich mich treiben lassen, fühlte den Schmerz als etwas Wohltuendes, Berührungen, die intensiver nicht sein konnten, wollte nicht, dass er aufhört, NIEMALS!

»Fick mich!«, hörte ich eine Stimme, die ich nach Kurzem als meine eigene identifizierte. Warum hatte ich das gesagt? Nun würde er entweder aufhören oder mich zurechtweisen, wie konnte ich so etwas fordern? Doch ich hörte ein, »Bitte, das heißt BITTE! Wir wollen doch freundlich zueinander sein«, hinter mir. Mein Kopf war schlagartig wieder an und ich spürte plötzlich den Schmerz wieder als Schmerz, nie konnte ich meinen Mund halten.

»Bitte!«, rief ich zu laut, denn er stopfte mir das Tuch wieder in den Mund und schon hörte ich schnell auf das Gesagte zu bereuen, denn sein Schwanz, der sich allein durch meine Reaktionen hart aufgerichtet hatte, drang in mich.

Ruhe, er streichelte mir zärtlich über den Rücken, küsste mich auf die Schulter und flüsterte mir »zieh Dich wieder an« zu. Nun realisierte ich, dass nicht weit von uns ein paar Jugendliche auf den Wippen herumtollten. Ich schlüpfte schnell in meine Hose, rückte mich und mein Make-up zurecht und ließ mich fest an ihn drücken. Mein Puls normalisierte sich langsam und auch meine weichen Knie festigten sich, während unseres lässigen Wir-waren-nur-mal-gucken-Ganges an den Jugendlichen vorbei vom Spielplatz herunter, wieder. Man hätte es uns glatt abnehmen können, wenn nur das Endorphin und das Adrenalin mich nicht breit grinsen ließen.

Unter einer Laterne stoppte er, drehte mich zu sich hin und guckte mir tief in die Augen ... »Alles in Ordnung?«

Ich nickte.

»Gut, dann lass uns noch etwas trinken gehen und dann nach Hause fahren.«

Als er sich später verabschiedete, war mir nicht wohl bei dem Gedanken allein nach Hause zu fahren. Mein Hintern fühlte sich an wie Brei und somit fuhr ich lieber zu Wendy, um von ihr begutachten zu lassen, was noch übrig war. Bei ihr angekommen schob ich sie sofort in den Nebenraum und zog meine Hose herunter. Sie zog scharf die Luft zwischen den Zähnen ein und sagte:

»Du bleibst bitte genauso stehen, ich bin gleich wieder da.«

 Ein wenig mulmig wurde mir nun doch, und als Wendy mit Tupfer, Pflaster und Desinfektionsmittel wiederkam, bestätigen sich meine Befürchtungen, dass ich wohl offene Wunden am Hintern hatte.

»Wie konnte der Dich denn so allein durch die Gegend laufen lassen?«, fragte sie empört.

»Naja, ich wusste ja nicht, dass es so schlimm ist, ich hab ihm halt gesagt, dass alles Okay ist«, erwiderte ich.

»Der spinnt doch wohl, womit hat der Dich denn so zerfleischt?«, reagiert sie nun aufbrausend. Ich stellte mich ruckartig senkrecht:

»Wendy, ich dachte, das hier wäre ein SM-Club, also hör auf das zu dramatisieren und kleb da ein Pflaster drauf! Wir hatten Spaß, nun mach mir das nicht kaputt.«

Irgendwann hatte Axel dennoch mein Vertrauen und ich ging auch mit zu ihm nach Hause. Wir saßen plaudernd auf seiner Terrasse, tranken Wein, spielten oder kuschelten einfach vor dem Fernseher. Wir sahen uns beinahe regelmäßig, nur wollte er nie mit mir in Clubs gehen. Ich beließ es dabei, denn er begründete es damit, das er ja einen Job in der Politik hatte und auf keinen Fall irgendwo in der Öffentlichkeit gesehen werden dürfe. Was mich allerdings sehr störte, war, dass er mich jedes mal nackt seine Wohnung putzen ließ und das, obwohl putzen nicht gerade zu meinen Lieblingsbeschäftigungen gehörte. Ich nahm es hin, genau wie auch den Fakt, dass er sich oft nicht an das Codewort hielt. Er ging weit über meine Grenzen, würgte mich mit einem Seil und schlug so stark zu, dass ich es fast nicht mehr aushielt, auch wollte er mich partout anal ficken, wogegen ich mich aber regelmäßig wehrte. Ich versuchte mit ihm darüber zu reden, schrieb ihm auch genau das und genauso ignorierte er auch meine Anmerkungen.

Meine Freundin Mika wies mich eines Tages darauf hin, dass mit Axel wohl etwas nicht zu stimmen schien, denn sie hatte ihn erst kürzlich auf einer Party gesehen. Da sie um die »Ausrede« bei mir wusste, dass er als politischer Berater nicht öffentlich gesehen werden wollte, erzählte sie mir natürlich umgehend davon. Wir waren beide mehr als verwundert. Ein wenig später wunderte ich mich dann aber nicht mehr.

Es war mal wieder einer dieser Abende, an denen sich über 100 Berliner Perverse in einem ganz normalen Café trafen, um sich kennenzulernen und unverfänglich zu plauschen. Um einen Tisch herum saßen nun ein paar Mädels, die mir alle bekannt waren, keine davon kam aber zum Subbiekränzchen, aber alle waren auf meiner Freundesliste in der SZ. Wir plauderten also über dies und jenes, natürlich auch über anwesende und nicht anwesende Kerle. Eine nach der anderen erzählte von ihren in den letzten Wochen erlebten Begegnungen und wie durch ein Wunder hatten dieses Mal alle viel zu berichten. Denn jede von uns hatte einen Mann kennengelernt und beschrieb ihn nun mit glänzenden Augen und voller Begeisterung.

Plötzlich entstand eine Pause, alle sahen sich nachdenklich an und uns fiel es wie Schuppen von den Augen. Denn uns wurde schlagartig bewusst, dass wir alle von ein und demselben Mann erzählten – AXEL!

»Sag mal hast Du den nicht angeschleppt?«

Alle Köpfe drehten sich zu mir. Es war einfach unfassbar, aber dieser Typ arbeitete systematisch meine Freundesliste ab. Ich war fassungslos und stellte ihn per E-Mail zur Rede und es kam noch besser. Er machte gar keinen Hehl daraus und gab das sogar unumwunden zu. Schließlich seien wir ja erwachsene Menschen und auch nicht miteinander verheiratet, wir könnten doch also tun und lassen, was wir wollten. Auch würde jede Begegnung auf Freiwilligkeit beruhen und vor allem auf Einvernehmlichkeit, keine der Frauen hätte er dazu gezwungen. Er meinte das alles wirklich ernst und ich verstand die Welt nicht mehr bei so viel Dreistigkeit!

Für mich war dieses Kapitel somit aber so etwas von abgeschlossen, sodass ich ihn aus meiner Freundesliste schmiss und alle Nachrichten von ihm ignorierte. Ich hatte nun echt genug von den Kerlen, die spannen doch wohl alle lauwarm. Warum geriet ich immer nur an solche Typen?

Kapitel 2

Ich klingelte an der Haustür und ein Summton war zu hören. Ich atmete tief durch und öffnete die Tür. Der Hausflur war kühl und ich stieg die kleine Treppe zur ersten Etage hinauf. Die Wohnungstür war angelehnt und ich klopfte vorsichtig.

»Herein«, hörte ich es von innen und schon schwang die Tür auf und ein Mann in meinem Alter stand lächelnd vor mir. Er streckte mir seine Hand entgegen.

»Guten Tag, ich bin Dr. Melchior, bitte treten sie ein«.

Er wies auf ein Zimmer am Ende des Flurs. Es war sehr spartanisch eingerichtet, Dielen, ein Schreibtisch und zwei Sessel, die sich gegenüberstanden. Er bedeutete mir, auf einem der Sessel Platz zu nehmen, und fragte nach dem Überweisungsschein. Als das Organisatorische erledigt war, fragte er:

»Nun, was führt sie zu mir?«

Ich schluckte ein paar Mal, war das wirklich der richtige Weg? Doch ich war sicher, ich hatte eigentlich zu lange gewartet, ich musste endlich mit jemandem Neutralen sprechen, ob ich nicht doch völlig verrückt war. Dr. Melchior war Psychologe, seine Praxis lag in meinem Bezirk und einen Versuch war es wert, irgendwie musste ich meine wirren Gedanken sortiert bekommen.

»Ich habe massive Schlafstörungen und hmm, nennen wir es Realitätsprobleme«, antwortete ich nach einigem Zögern. Er blieb unbeirrt, sicher hatte er schon diverse Schauergeschichten gehört. Er fragte nach meinem Alter, Beruf, meinem Familienstand, Kindern, Wohnverhältnissen und natürlich nach meiner Familie, notierte sich einiges und hinterfragte das eine oder andere.

»Fühlen sie sich wohl in ihrem Job? Wie war ihr bisheriger Werdegang? Wie ist das Verhältnis zu ihrem Sohn? Und wie das zu ihrer Familie?«

Ich erzählte bereitwillig, schließlich war er neutral und musste sich erst einmal ein Bild machen, außerdem hatte er eine Schweigepflicht.

Ich war inzwischen 39 Jahre, lebte mit meinem Sohn alleine, steckte in einem nicht sehr zufriedenstellenden Angestelltenverhältnis fest und hatte keinerlei Kontakt zu meinen Eltern. Der einzige Halt, den ich gerade hatte, war mein Sohn, aber ich wollte ihn auf keinen Fall als solchen sehen, denn es war nicht seine Aufgabe mir den Partner und die Eltern zu ersetzen.

Als Erstes empfahl mir Dr. Melchior, meine Gedanken zu Papier zu bringen. Kleine Gedichte hatte ich ja schon früher geschrieben, warum also nicht auch einmal ganze Geschichten. Warum nicht in Worte fassen, was in meinem Kopf herumspukte, vielleicht war es dann heraus und ließ mich in Ruhe.

In jeder ruhigen Minute setzte ich mich also fortan an meinen PC und fing an zu schreiben:

-

Er beobachtete sie hinter einer Mauer, wie sie sich auf einer Parkbank prostituierte. Sie saß breitbeinig mit fast hochgezogenem Rock ohne Höschen, weites Dekolleté, ein kleines erotisches Buch lesend. Sie konnte von Glück reden, das es noch Spätsommer und nicht tiefster Winter war, aber das war reiner Selbstschutz, denn er wollte sich ja selber nicht erkälten.

Warum hatte sie auch nicht gehört und ihren Plug regelmäßig getragen, sie musste doch wissen, dass dieses Vergehen nicht ungestraft bleiben würde. Sie sollte doch nur für ihn jederzeit und überall gangbar sein, warum kam sie dann gerade in diesem Punkt seinen Anforderungen nicht nach. Er verstand es nicht - sie ließ sich schlagen, ließ sich erniedrigen, ließ sich demütigen, nur in den Arsch ficken ließ sie sich nur mit Theater.

Aber auch das würde er ihr eines Tages noch austreiben und genau deshalb musste diese Erziehungsmaßnahme her. Sie hatte also die Aufgabe sich unter fünf Männern, die vorbei laufen würden, zu entscheiden, welchem sie ihr Vötzchen zeigen würde. Diese Prozedur sollte so oft wiederholt werden, bis sich einer der von ihr ausgewählten aufgegeilten Typen zu ihr setzen, ihr zwischen die Beine fassen und ihr ein Angebot machen würde ... alles wäre erlaubt, nur Küssen würde verboten sein!

Es dauerte auch nicht lange und der erste Kerl kam vorbei. Er war anscheinend so gar nicht ihr Typ, denn sie schaute angewidert auf ihre Uhr und schlug die Beine übereinander. Genau in diesem Moment fiel ihr wohl wieder ihre Aufgabe ein, denn sie rollte die Augen gen Himmel und setzte sich schnell wieder breitbeinig hin. Auch die nächsten Beiden waren wohl nicht nach ihrem Geschmack, so das sie keine Anstalten machte sich auch nur einen Millimeter zu rühren. Der Nächste der kam, war dann wohl schon eher ihr Fall, denn sie schmunzelte und vertiefte sich augenscheinlich in ihr Buch. Er schaute kurz zu ihr hin, blieb mit den Augen an ihren großen Brüsten hängen. Sie tat, als sähe sie ihn nicht und zupfte scheinbar gedankenverloren an ihrem Strumpfband herum, als wäre es verrutscht, so das er beschämt beiseite blickte, als sein Blick auf ihre gespreizten Schenkel fiel. Doch zu mehr fehlte ihm wohl der Mut, denn sein Schritt wurde plötzlich schneller und er entfernte sich.

Auch der Nächste, der an ihr vorbei lief, gefiel ihr und sie wurde schon etwas mutiger. Sie ließ ihre Hand unter ihrem Rock verschwinden, zog den oberen kleinen Ring in die Länge, sodass er unter dem Rock frech hervorlugte, ihre andere Hand ließ sie lasziv über ihre pralle Brust gleiten und schaute dem immer langsamer werdenden Kerl auffordernd in die Augen. Aber auch er lief vorbei, wenn auch mit einer doch recht ordentlichen Beule in der Hose.

So saß sie eine Weile dort, Leute kamen und gingen, einigen Männern präsentierte sie sich auf gewünschte Weise, anderen wiederum nicht. Frauen schauten oft neugierig, aber auch feindselig zu ihr herüber, schließlich war es in Zeiten der Emanzipation verpönt so sexistisch rum zulaufen, aber das störte sie herzlich wenig. Sie war stolz auf ihren sehr weiblichen Körper, schließlich hatte ihr Herr sie so geformt.

Es wurde langsam schummrig, sodass es bald keinen Sinn mehr machte zu lesen, sie klappte also das Buch zu und sah den herumtollenden Hunden auf der anderen Seite der Wiese zu. Ob ihr Herr wohl schon mit den Vorbereitungen für die angekündigte Begegnung mit einem Köter beschäftigt war? Sie blickte zur Mauer und sah ihn aber nicht ... ein Gedanke ließ ihr die Haare zu Berge stehen - war er überhaupt noch da? Er hatte sie doch nicht etwa allein gelassen? Nein, so etwas würde er nicht tun, das wusste sie, egal was sie tat, er würde auf sie aufpassen, würde er doch?!

Der Nachmittag war so schön gewesen, sie hatte ihre Gedanken schweifen lassen können, fremde Kerle heißgemacht und dabei gefühlt, wie ihr Vötzchen immer nasser geworden war. Ja, genauso liebte sie ihre freien Tage ... auch wenn sie noch lieber ihren Herrn verwöhnt hätte.

Eine Hand legte sich auf ihre Schulter, sie stockte, nein das war nicht die ihres Herrn, das spürte sie sofort, aber sie kam ihr dennoch bekannt vor. Sie drehte den Kopf und sah ihren Ex neben der Bank stehen. Sie atmete erleichtert auf, obwohl sie nicht sonderlich über gerade diesen Ex erfreut war, aber besser, als wenn sie nun doch irgend so ein fremder Kerl betatscht hätte.

»Hey, was machst Du denn hier? Und warum machst Du schon wieder die Kerle heiß mit Deinem Outfit?«

War die Begrüßung ihres Exfreundes, der sich mit diesen Worten neben sie setzte. Die Sekunde der trügerischen Sicherheit war schon wieder vorbei.

»Das hat Dich gar nichts zu interessieren.«, war ihre recht patzige Antwort. Er grinste sie an und griff ihr zielsicher zwischen die Beine und drang in sie ein.

»Braucht Dein Vötzchen wieder Futter, hm?«, war seine Reaktion darauf. Sie war zutiefst empört, was erlaubte sich dieser Mistkerl und schon hatte sie ausgeholt. Aber er war anscheinend darauf gefasst, denn schnell hatte er ihre Hand abgewehrt und hielt sie nun fest am Handgelenk.

»Du tust mir weh, lass das und verpiss Dich endlich!«, zischte sie, aber er grinste nur wieder spöttisch.

»Dann solltest Du Deine Aufgabe auch ordentlich erledigen. Ich mache Dir hiermit das Angebot mir hier an Ort und Stelle einen zu blasen, und zwar vernünftig oder aber mit mir hinter den Busch da zu kommen und Dich anständig in den Arsch ficken zu lassen.«

Sie glaubte nicht richtig zu hören, das war doch nicht sein ernst und wo war ihr Herr? Sie wurde langsam panisch, geriet hier etwas außer Kontrolle, was nicht vorhersehbar war? Kalter Schweiß trat ihr aus den Poren, Angst, Angst vor diesem Kerl und Angst davor doch allein zu sein! Gleichzeitig aber das Gefühl der puren Geilheit, sie hätte diesen Kerl genau in diesem Moment anspringen können.

Sein Mund näherte sich ihrem, sie spürte seinen Atem und fühlte gleichzeitig seine Erregung am Bein. Im letzten Augenblick drehte sie ihren Kopf beiseite, sodass seine Zungenspitze nur ihre Wange berührte.

»Verschwinde!«, presste sie heraus und wehrte sich mit ihrem ganzen Körper gegen ihn. In diesem Moment spürte sie, wie er ihr in die Haare griff und sie nach oben zog. Was war hier los, wo war ihr Herr und warum tat niemand etwas gegen diese offensichtliche Gewaltanwendung? Wo waren die ach so empörten Frauen? Und wo die so empfindlich reagierenden Herren des vergangenen Tages? Die Dunkelheit kroch immer mehr aus dem Boden hervor und mit ihr die Kälte, jedenfalls fühlte sie sie mehr denn je.

Sie spürte, wie sie weg von der Bank gezerrt wurde, sie fühlte die Laufmasche, die ihr Bein hochkroch und ihr taten verdammt noch mal die Haarwurzeln weh. Sie schlug um sich, was sollte das alles hier?

»So mein Fräulein, wir haben ja noch eine kleine Rechnung offen«, zischte er ihr ins Ohr.

»Du findest es also widerwärtig, dass ich mir Frauen nehme, wie ich es möchte, sie wahllos ficke, mit einem Knüppel den Hintern blutig schlage, mit einem Seil würge und manchmal sogar vergewaltige. Und meintest, Du würdest mich nicht mal auf einen Meter mehr an Dich heranlassen. Was meinst Du, was ich jetzt mit Dir tun werde?«

Da fiel ihr plötzlich etwas ein:

»Wenn das mein Herr erfährt, kannst Du was erleben«, empörte sie sich. Und schon hatte sie eine saftige Backpfeife zu sitzen, so das ihre Brille verrutschte. Ihr traten die Tränen in die Augen.

»Nicht ich werde etwas erleben, sondern Du!«

Verbesserte ihr Ex sie und steckte ihre Brille in seine Hemdtasche.

»Schließlich hat Dein Herr mich dafür bezahlt, sonst würde ich Dich nicht mal mehr mit der Kneifzange anfassen.«

Ihr fiel ein Stein vom Herzen, es war alles so geplant und ihr Herr würde irgendwo da hinten sein und sie beobachten. Und schon schoss ihr der nächste Wutanfall in den Kopf - das durfte doch nicht wahr sein, wieso beorderte ihr Herr diesen Idioten hierher und bezahlte ihn auch noch, dachte er etwa, sie würde es nicht schaffen einen Mann so anzumachen, dass er sich neben sie setzen und sie an baggern würde? Hatte er so wenig Vertrauen in sie? Nun war sie wirklich wütend.

»Ich wusste ja, dass Du käuflich bist«, schleuderte sie ihm entgegen und schon hatte sie die nächste Backpfeife zu sitzen.

»Ich fick Dich in den Arsch, so wie ich es schon lange machen wollte. Aber erst stellst Du kleine Hure Dich genau da an den Baum und wartest schön brav ab.«

Sie blitzte ihn wütend an und ließ sich nur widerwillig an den Baum
führen. Er presste seinen ganzen Körper gegen sie, drohte sie zu
erdrücken und sie spürte seine Erregung sehr deutlich an ihrem
Rücken.

»Du geile Sau, Du machst mich nass!«, röchelte er.

Sie konnte nur ächzend erwidern:

»Dann nimm gefälligst Deine stinkenden Finger aus meiner Fotze, Du
Arsch!«

»NOCH sind sie nur in Deiner Fotze, aber das wird sich bald ändern,
ich hoffe, du hast immer schön Deinen Plug getragen.«

Sie lief hochrot an, woher wusste er dieses Detail, er sollte sich zum
Teufel scheren.

»Verschwinde endlich!«

Brüllte sie lauter als geplant. Und tatsächlich hörte sie, wie sich seine
Schritte entfernten.

Sie lehnte sich gegen die kalte Rinde des Baumes und ließ ihre Stirn
abkühlen. Ihre Gedanken flogen zu ihrem Herrn, der nicht weit weg
sein konnte und sie fragte sich, warum er ihr das antat, ausgerechnet
mit diesem Blödmann. Sie spürte wie ihr jemand übers Haar strich
und schmiegte sich in die Hand, genoss die sanften Berührungen. Erst
dann öffnete sie die Augen und erkannte den Kerl, es war dieser
schüchterne Typ von ganz zu Anfang, was suchte der denn jetzt hier?
Irgendwie verstand sie den Film, der hier lief nicht so ganz. Er bot ihr
eine Zigarette an, aber sie wehrte ab, sie rauchte doch nicht mehr.
Dann nahm er einen Hunderter aus seiner Hemdtasche und steckte
ihn mit der Bemerkung, »schön festhalten«, zwischen ihre Zähne. Sie
wunderte sich über die skurrile Situation und lehnte immer noch
stark erregt an diesem Baum mitten im Park oder träumte sie das
alles?

Er streichelte sanft ihren noch zitternden Körper, schmiegte sich an
sie, nahm sie in sich auf und übertrug seine ruhige Art auf sie. Er

erspürte sie überall, ließ seine Hände über sie wandern und wurde nun immer fordernder, massierte ihre prallen Brüste und ihren vollen Hintern. Auch ihre Erregung steigerte sich wieder und sie streckte bald herausfordernd ihr Vötzchen wie eine läufige Hündin heraus, so das er seine Finger tief hinein steckte. Schon konnte er nicht anders als seinen Schwanz auszupacken und sie von hinten kräftig durch zu ficken. Während dessen kam nun endlich ihr Herr zu ihr, erst stand er nur hinter dem Baum und beobachtete sie, ihren ekstatischen Körper, ihren Gesichtsausdruck, in diesem Moment bemerkte sie ihn und strahlte übers ganze Gesicht. Er streichelte ihr die Wangen, nahm ihr den inzwischen völlig durchweichten Hunderter aus dem Mund und steckte ihr seine Finger hinein. Doch als er seine Finger in stoßenden Bewegungen immer wieder hinein schob und sie mehr und mehr zu würgen begann, war das Strahlen verschwunden und sie schaute ihn nur noch flehend an. Oh, er liebte diesen bettelnden Gesichtsausdruck und hätte am liebsten gar nicht mehr aufgehört. Er küsste sie dennoch tief und innig und steckte ihr stattdessen einen Ringknebel in den Mund, dann holte er seinen inzwischen sehr harten Schwanz aus der Hose. Der Kerl hinter ihr rackerte sich immer noch ab und so brauchte er nur seinen Schwanz in ihren Mund stecken und durch die sto-ßenden Bewegungen wurde er rhythmisch in sie hinein geschoben. Als beide fast gleichzeitig gekommen waren und sie sich nur noch erschöpft an den Baum klammerte, tropfte sein Sperma durch den Knebel langsam aus ihrem Mund. Er wusste, dass sie das maßlos ärgerte, denn sie bekam nicht all zu oft seinen Saft und wollte ihn natürlich partout für sich behalten. Er beobachtete gemeinsam mit dem Typen ihre Schmach und entfernte dann den Knebel wieder, nachdem alles aus ihr heraus getropft war. Dann gab er dem Kerl ein Zeichen und sie verschwanden.

Sie richtete sich etwas auf, traute sich aber nicht, sich zu bewegen. Sie starrte auf den nassen Fleck, der sich auf dem Boden vor ihr gebildet hatte. Zu gern hätte sie sein Sperma bei sich behalten. Sie war so tief in Gedanken versunken das sie gar nicht bemerkte, wie sich jemand ihr näherte. Es war wieder ihr Ex, der sie strafend von der Seite betrachtete.

»So eine Hure ist also aus Dir geworden, lässt Dich von irgendwelchen daher gelaufenen Kerlen gegen Geld ficken und kannst nicht mal den Saft Deines Herrn für Dich behalten«, meinte er verächtlich.

»Halt die Klappe Du Idiot!«, konnte sie gerade noch herausbringen, bevor sie in Tränen ausbrach. Er knallte ihr eine, statt sie zu trösten, und herrschte sie an sich zusammen zu reißen. Als Nächstes legte er ein paar Seile vor sie hin und gab ihr die Anweisung, sich an dem Ast über ihr aufzuhängen. Sie hatte vor einiger Zeit Selfbondage gelernt und fand großen Gefallen daran sich selbst mit Seilen zu verschnüren, sodass sie fast bewegungslos zur Verfügung stand. Sie schaute ihn verwirrt an.

»Wieso das denn jetzt?«, fragte sie trotzig.

»Weil Dein Herr das so will, dumme Kuh«, kam es von ihrem Ex, »und nun zick hier nicht noch weiter rum, sonst fick ich Dich doch gleich in den Arsch!«

Er sprachs, warf ihr eine Augenbinde zu und setzte sich auf den nächsten umgekippten Baumstamm.

Da stand sie nun, hatte die Augenbinde in der einen und ein Seil in der anderen Hand. Sie schaute nach oben, da hing sogar ihr Bondagering, das war alles bis in kleinste Detail vorbereitet, nur warum? Ach was sollte es, wenn ihr Herr das so wollte?! Sie legte sich die Seile passend hin, zog die Augenbinde über und fing langsam und bedächtig an sich zu verschnüren. Sie wurde durch die gleichmäßigen Bewegungen immer ruhiger und versank in ihrer eigenen Welt, alles um sie herum geriet in Vergessenheit. Als sie fertig verknotet waagerecht auf dem Rücken hing, spürte sie plötzlich eine Berührung an ihrem Bein, dass sie vor Schreck zusammen zuckte. Aber die Berührung wurde nicht weniger, im Gegenteil sie wurde mehr, Hände strichen über sie, erst zwei dann vier, dann immer mehr. Der kurze Anflug der Panik war schnell vorbei und sie genoss einfach nur noch. Jemand kniff ihr fest in die Nippel, ein anderer steckte seine Finger in ihren Mund und ein dritter in ihre schon wieder nasse Spalte. Sie hing dort wie eine Marionette, man brauchte sie nur drehen um sie auf der anderen Seite zu haben oder einfach nur ihre Beine auseinander drücken um an ihr Vötzchen zu kommen. Als Nächstes spürte sie wie etwas großes – etwas wirklich großes – in sie eindrang, und irgendjemand spuckte ihr auf die Fotze, damit das Riesending besser hinein glitt. Erst wollte sie sich mit ihren noch freien Händen dagegen wehren, aber ihr wurden zwei Schwänze hinein gedrückt, die sie massieren sollte. Sie spürte wieder ihre aufkommende Geilheit und versuchte alles für die Aufnahme des Gegenstandes bereit zu machen, sie atmete tief ein und aus und versetzte sich so in einen Zustand, der dem des Hyperventilierens ähnlich war.

Plötzlich waren alle Hände und Schwänze verschwunden, sie fühlte sich eigenartig verlassen und enttäuscht nicht gekommen zu sein und spürte den Gegenstand nun zum Zerreißen. Doch schon wurde er aus ihr entfernt und sie hörte wieder die verächtliche Stimme ihres Ex.

»Was für eine Drecksau, Du lässt wirklich alles in Dich hineinstecken, sogar 1,5 Liter PET-Flaschen, aber sich über mich auslassen, wie bitte soll ich Dich jetzt in Deine ausgeleierte Fotze ficken?«

Sie hörte ihn um sich herum gehen.

»Aber warte, das andere Loch da ist ja noch schön eng und fast jungfräulich, wie ich hörte.«

Sie war schlagartig wieder bei Sinnen und versuchte hastig die Seile zu lösen, aber er war schneller und band ihr auch noch die Hände zusammen. Sie war der Verzweiflung nahe, wand und zappelte, was das Zeug hielt. Nur zu schreien traute sie sich nicht, denn dann würde ihr Herr ja Ärger bekommen. Ihr Ex strich ihr durch ihre Spalte und versank kurzzeitig in ihrer Fotze, aber nur um die Finger anzufeuchten und sich dann ihrem Poloch zu nähern. Sie traute ihm alles zu und versuchte sich zu entspannen, damit es nicht ganz so weh tat, aber ihr liefen dennoch die Tränen. Sie merkte, dass er nicht von ihr abließ und war inzwischen bereit, es für ihren Herrn zu ertragen. Denn schließlich musste er das ja genau so wollen, sonst würde er doch einschreiten.

Kaum hatte sie diesen Gedanken zu Ende gedacht, ließ ihr Ex auch schon von ihr ab und sie spürte die Hände ihres Herrn auf ihrem Körper.

»Es ist genug, sie braucht eine Pause«, hörte sie seine warme Stimme mit dem unvergleichlichen Dialekt. Ihr Ex wollte wohl protestieren, sah aber ein, dass ihr Herr recht hatte, denn schon half er ihm die Seile von ihr zu entfernen.

Bald schon lag sie matt und erschöpft auf einer Decke und ihr Herr saß allein neben ihr und streichelte sie sanft.

»Ich bin sehr stolz auf Dich meine Kleine«, flüsterte er ihr zu und ließ ihr die Zeit, die sie brauchte um sich wieder zu akklimatisieren. Da fiel ihr plötzlich ein das er von »Pause« gesprochen hatte, war es doch noch nicht vorbei? Die schaute fragend zu ihm hoch, traute sich aber nicht auszusprechen, was sie gerade bewegte.

Als sie sich sichtlich beruhigt hatte, zog er ihr die Kleidung wieder gerade, soweit das bei dem Fummel möglich war, und hängte ihr seine Jacke über. Dann klemmte er sich die Decke und die Seile unter den Arm, umarmte sie und ging mit ihr zum Weg zurück. Erst jetzt bemerkte sie, dass es doch ein ganzes Stück zu laufen war und sie nicht unbedingt jemand gehört hätte, auch wenn sie etwas lauter gewesen wäre. Aber es wäre müßig sich jetzt noch darüber zu ängstigen. Auch hatte sie auf dem Hinweg die kleine Gartenlaube gar nicht bemerkt an der sie nun vorbei …

…nein nicht vorbei, sondern hinein gezerrt wurde! Mein Gott, was hatte er denn nun wieder mit ihr vor?

»Rock hoch«, hörte sie nur noch und wurde vorn über auf den in der Mitte der Laube stehenden Tisch gestoßen.

»Dachtest Du ich lasse Dein ungebührliches Verhalten den Herren und einem ganz speziell gegenüber ungestraft?«

Und schon spürte sie die Rute auf ihrem Hintern, die er vorher ganz frisch geschnitten haben musste. Sie zeckte mörderisch und sie musste sich zusammenreißen nicht laut aufzuschreien, einen kleinen Schmerzlaut konnte sie dennoch nicht unterdrücken, sodass sie sofort gemaßregelt wurde.

»Beschwerst Du Dich jetzt auch noch darüber? Solltest Du nicht froh sein das ich Dir diese Aufmerksamkeit zuteil werden lasse?«

Während er das sagte, holte er noch kräftiger aus.

»Nein, vielen Dank dafür«.

Konnte sie durch zusammen gebissene Zähnen hervorpressen. Als sie auch schon mit voller Wucht herumgewirbelt wurde und sich rücklings auf dem Tisch wiederfand.

»Wie heißt das? Wer bin ich?«, zischte er sie eiskalt an. Sie zuckte zusammen.

»Das wirst Du heute lernen WER ich bin«, fauchte er sie wieder an, nahm die Seile und band sie an den Armen und mit gespreizten Beinen am Tisch fest.

Und plötzlich war alles ganz ruhig, die Hektik der letzten Minuten wich einer wabernden Ruhe, die sich bald sehr schwer auf ihr niederließ. Es war inzwischen völlig dunkel geworden, nur der Schein einer Laterne leuchtete schemenhaft ins Haus, es rauschte in ihren Ohren. Ein Zischen und plötzlich wurde es hell, sie kniff die Augen zusammen und realisierte, dass er nur ein Streichholz anzündete. Er stand keinen Meter von ihr entfernt und beobachtete sie im Licht des kleinen Butangasbrenners, den er entfachte. Was hatte er nun schon wieder vor? Dann strich er ihr langsam mit dem brennenden Streichholz die Schenkel hinauf bis hin zu ihrer feuchten Spalte. Er hielt ein Stück Metall in den heißesten Punkt des Brenners und drehte es. Sie beobachtete ihn und schaute ihn fragend an, ihr ganzer Körper fing an zu zittern, aber er schüttelte nur langsam und bedächtig den Kopf und signalisierte so, das sie ruhig sein und ihm vertrauen sollte. Als er das Metall zum Glühen gebracht hatte, drückte er es mit den Worten »Vergiss nie WER Dein Herr ist!« kurz aber fest auf ihren Schamhügel. Ein gellender Schrei durchschnitt die eben noch bleischwere Stille. Auch er atmete nun schwer.

»Wie wirst Du mich in Zukunft ansprechen?«, fragte er sie mit dennoch völlig ruhiger Stimme, die fast gütig klang. Es dauerte einen Moment, bis sie ihre Gedanken gesammelt hatte, und »Herr« hervorbringen konnte. Er beugte sich über sie und drückte sie fest an sich.

»Ja nun gehörst Du wirklich mir und jeder wird es sehen!«

Er küsste sie, liebkoste ihr tränennasses Gesicht und als sie sich etwas beruhigt hatte, richtete er sich wieder auf und hielt einen kleinen Spiegel so das sie ihr Brandmal sehen konnte. Es war ein wunderschön geschwungener Buchstabe, der Anfangsbuchstabe seines Namens. Plötzlich durchflutete sie ein Gefühl der Wärme, er hatte sie gekennzeichnet, und zwar dauerhaft, um die Zugehörigkeit, den Besitz zu klären. Mit großen glasigen Augen starrte sie ihn an und formte stumm mit ihren Lippen das Wort ...

»Danke!«

Als ich fertig war, befand ich diese Geschichte für so gut, dass ich sie dem Redakteur der Zeitschrift »Schlagzeilen« schickte und er sie tatsächlich später veröffentlichte.

Aber was war los mit mir? Warum wünschte ich mir so sehr einen Beschützer? Konnte ich mich nicht doch selbst viel besser gegen diese dreisten Kerle wehren? Hatte ich das nicht schon bewiesen?

Fortan ging ich jede Woche zu Dr. Melchior und ließ ihn immer mehr in mich hineinsehen. Es erleichterte meine Seele, endlich konnte ich alles loswerden, was mich belastete und er gab mir sogar Hilfsmittel um mit bestimmten Situationen fertig zu werden. Ich hatte ja schon viel in meinem Leben gesehen oder erlebt, war also vielen Dingen gegenüber beinahe abgehärtet, aber wenn man sich auf BDSM Portalen aufhält, sieht man unwillkürlich Dinge, die man lieber nie gesehen hätte. Durch Zufall sah ich in einem Video, wie sich ein Mann anal ein Glas einführte, das dann durch die Kontraktion der Muskeln zerbrach – in ihm. Ich wurde diese Bilder nicht mehr los, immer wenn ich ein Glas sah, musste ich unwillkürlich daran denken.

Ich erzählte Dr. Melchior, dass ich ein Bild vor meinen Augen hätte das mich nicht mehr losließ und mich ständig in Schrecken versetzte. Er ließ mich also die Augen schließen und genau an dieses Video zu denken und einen Finger der rechten Hand zu heben, wenn der Moment kam, in dem es mir unerträglich wurde. Genau in diesem Moment schrie er mich an.

»S T O P !!!«

Ich schrak zusammen und schaute ihn mit großen Augen an, mein Puls raste. Als ich mich beruhigt hatte, erklärte er mir, das nun in Zukunft in meine Gedanken dieser Schreckensmoment eingebaut wäre und ich genau an diesem Punkt sofort aufhören würde an diese Unerträglichkeit zu denken, genau wie eben. Es war fantastisch, es funktionierte.

Nicht ganz so einfach waren meine Schlafprobleme. Ich wälzte mich stundenlang im Bett umher und konnte, egal wie müde ich war, nicht einschlafen. Dr. Melchior zeigte mir, wie ich durch progressive Muskel An- und Entspannung meinen Geist auf meinen Körper konzentrieren konnte. Anfangs fiel es mir sehr schwer dieser Aufgabe nachzukommen, immer wieder schweiften meine Gedanken ab und mir kribbelte der ganze Körper. Aus anfänglich 10 Sekunden, wurden 20 und bald 30 Sekunden. Das war schon unendlich viel für mich und ich war stolz, mich endlich in den Griff zu bekommen.

Auch half mir die Bestätigung die ich von ihm bekam, ich war nicht verrückt, ich war genauso richtig wie ich war. Meine Neigungen waren zwar extrem, aber dennoch nicht abartig. Ich machte auch nichts falsch, wie ich ja seit meiner Kindheit eingeredet und auch geprügelt bekam.

Langsam aber sicher veränderte sich meine Sicht auf viele Dinge. Ich war zwar pervers, aber das war nicht weiter schlimm. Auch befürwortete er mein Hobby mich als Fotomodel zu betätigen. Ich hatte kein Problem mit meinem Körper und hatte schon sehr schöne Shootings mit wirklich guten Fotografen, ich sprühte quasi vor Ideen. Es half mir sogar meine Suche nach Devotion ein wenig zu lindern, denn wenn ein Fotograf eine bestimmte Position anordnete, muss ich viele Minuten in dieser Stellung verharren, egal ob mir ein Bein einschlief. Es füllte mich aus und machte mich glücklich, wenn ich die Ergebnisse sah.

Kapitel 3

Ich war nun inzwischen seit drei Jahren in der Szene unterwegs und kannte schon sehr viele dieser Verrückten. Manche mehr andere weniger, aber eins fiel mir immer mehr auf, kaum einer nahm das alles ernst. Anscheinend war ich eine von wenigen, die sich ein Leben mit Macht und Unterwerfung, Schmerz und dem Sehnen danach, Hingabe und Verantwortung wirklich wollten. Den meisten lag nur daran, zu spielen – teils willkürlich, oft oberflächlich, hedonistisch, wahllos.

Das war nicht meine Welt!

Ich beobachtete alles wie durch eine Scheibe teils fassungslos, teils einfach nur verwundert. Von Männern hielt ich mich fern, ich antwortete mittlerweile nicht einmal mehr auf Anschreiben. Denn meist stellte sich dann doch nur heraus, dass eine Ehefrau im Hintergrund die Kinder hütete oder eine Beziehung mit einer Perversen eigentlich unvorstellbar sei. Die stilvolle Partnerin in der Öffentlichkeit, die liebevolle Mutter zu Hause, die Köchin in der Küche, verbunden mit der Hure im Bett war anscheinend ein Mythos, der über die Vorstellung der Männer hinaus ging.

Allerdings fand ich das auch gar nicht schlimm, im Gegenteil, ich konzentrierte mich auf das weibliche Geschlecht. Schließlich war ich damit gesegnet auf beide Geschlechter zu stehen, warum also nicht einmal eine Beziehung zu einer Frau probieren. Ich durchforstete die SZ, änderte mein Profil und schrieb mal hier und mal da. Einige waren neugierig, andere bereitwillig, die wenigsten empört, dass sie von einer Frau angeschrieben wurden. Oft wurde ein Mann im Hintergrund vermutet, den ich aber ja nun wirklich nicht hatte. Allerdings war kaum eine bereit sich gezielt mit mir zu treffen und so verabredete ich mich immer mal ganz locker auf Partys. Ich traf mich aber auch viel mit meinen Freunden, mit Mika unternahm ich eine Menge auch außerhalb der Szene, aber auch Ares und Areia waren inzwischen sehr enge und liebe Freunde geworden. Sowohl Mika als auch Areia waren irgendwann vom passiven zum aktiven Bondage-Part gewechselt und ich hatte ja vor etwa einem Jahr mal beobachtet, wie Areia an sich selbst ein Selfbondage machte und war davon so begeistert, dass ich sie, nach einigen Tagen innerer Zerrissenheit, darum bat mir das auch beizubringen. Bisher konnte ich dieser »Knüpperei« nur als Außenstehende etwas abgewinnen, es sah toll aus, aber ich hatte kein Bedürfnis mich, nur des Fesselns wegen, fesseln zu lassen. Meine eigenen Erfahrungen waren damals mit Horst in einem Lachflash geendet, ich hatte einfach keine Geduld mich fesseln zu lassen – nur damit ich irgendwo dekorativ herumhängen durfte.

Areia war sofort begeistert von meinem Interesse und so trafen wir uns regelmäßig und verfeinerten meine Kenntnisse. Ares kam sogar zu mir nach Hause und schraubte mir einen Haken mit Ring in die Decke, so das ich nun auch dort üben konnte. Und so war ich ganz ausgefüllt mit dem Subbiekränzchen, das ich immer noch leitete. Von den Fotoshootings mit verschiedenen Fotografen, geborgten Mädels und der Selfbondage und irgendwann wandelte es sich hin zu aktivem Bondage. Die Mädels waren alle ganz scharf darauf, und ich wurde sogar öfter von Herren angesprochen, ob ich nicht mal ihre Subis bondagen wolle.

Ich konnte mich noch gut daran erinnern, wie ich mich an einem Abend in Wendys Wohnzimmer, an dem eine Blindfoul-Party stattfand, in eine hintere Ecke zurückzog, mir die Augenbinde überzog und anfing mich selbst zu fesseln. Es war ein unbeschreiblich schönes Gefühl, denn ich war die Ruhe in mir selbst und konnte mich ganz auf mich konzentrieren. Die Knoten konnte ich blind, ohne hinzusehen, ich spürte einfach nur noch. Ich hing mich an den Ring im Bondagegestell, band erst ein Bein nach oben, dann ließ ich mich in die Seile fallen und band den anderen Fuß hoch. Als Nächstes ließ ich meinen Oberkörper mit den Seilen nach unten gleiten und hing nun kopfüber mit verbundenen Augen. Ich fühlte, wie mir das Blut in den Kopf lief und passte den richtigen Augenblick ab um mich wieder nach oben zu ziehen. Nun löste ich meine Beine und hing nur noch an der Hüfte in den Seilen, so das ich mich Stück für Stück auf den Boden sinken lassen konnte. Unten angekommen genoss ich das Gefühl, bevor ich die Augenbinde wieder abnahm und ... mich umringt von Menschen sah, die sich die Stühle zurechtgerückt hatten um mich zu beobachten. Ich war beinahe erschrocken über so viel Aufmerksamkeit und zog mir reflexartig die Augenbinde wieder über, als sie auch noch anfingen zu klatschen. Ich fühlte mich irgendwie ertappt, denn eigentlich wollte ich ja nur ganz still und leise für mich in einer Ecke üben.

Sobald ich mich gesammelt hatte, sprach mich Wendy auch sogleich darauf an, dass sie mich auch beim nächsten Mal als Showakt dabei haben wollte. Ich winkte ab, aber einmal tat ich ihr doch den Gefallen, aber ich fühlte mich nicht wohl dabei, Selfbondage war für mich irgendwie etwas sehr Intimes, dass ich nicht mit anderen teilen wollte.

Aber plötzlich schrieben mich nun immer öfter Paare an, die Bi- und Bondage-Erfahrungen sammeln wollten. Aber auch Barney übergab mir ab und an eines seiner Mädels, die austesten sollten, wie es um ihre Bi-Neigungen und Bondagegelüste stand. Also ließ ich mir von Mika zeigen, wie man Bondage auch an anderen vornahm. Denn das war doch noch etwas anderes, als sich selbst zu fesseln. Ich nahm mich also immer mal einiger Mädchen an und genoss diese Angebote auch sehr, auch mein Körper kam voll auf seine Kosten, aber mein Herz blieb unberührt.

Eines Abends saßen Areia, Mika und ich zusammen in Wendys Wohnzimmer und wir unterhielten uns übers Bondage. Wir hatten alle drei das Gefühl, dass wir von den Männern nicht ganz ernst genommen wurden, und scheuten uns immer mehr in der Öffentlichkeit selbst aktiv zu werden. Plötzlich hatte Mika die Idee, doch eine Bondage Gruppe nur für Mädels zu gründen, wir überlegten uns wie und somit entstand die Gruppe Miss Rope. Wir trafen uns fortan einmal im Monat und bondagten uns und andere. Diese Gruppe war eine tolle Ergänzung zu meinem Subbiekränzchen, wo nur geredet und nun auch mal gehandelt wurde. Und natürlich hoffte ich, bei einem dieser Abende eines Tages mal ein weibliches Wesen kennenzulernen, das mich verzaubern würde.

Und doch kam es anders als erwartet und ich lernte Dorie auf einer Party im Hedonistentempel kennen. Natürlich hatte Barney sie im Schlepptau, der wie immer mit 2-3 Mädels unterwegs war. Er stellte sie mir vor und sie fing auch sofort an zu plappern, was das Zeug hielt. Sie hatte einen tollen weiblichen Körper und war ganz sicher nicht auf den Kopf gefallen.

Schon ein paar Tage später lud sie mich zu sich nach Hause ein und stellte mir ihre Kinder vor. Sie hatte drei an der Zahl in unterschiedlichem Alter, die alle sehr aufgeschlossen und nicht weniger chaotisch waren als Dorie. Nachdem die Kids im Bett waren und wir Zeit für uns hatten, wurde sie auch langsam ernsthaft und wir unterhielten uns bis spät in die Nacht hinein. Sie war noch nicht lange vom Vater der Kinder getrennt und wollte nun endlich ihre bisher verborgenen Wünsche ausleben. Nur hatte sie von Männern gerade genug und war sehr froh mich kennengelernt zu haben. Ich war sehr angetan von ihr und als wir dann endlich im Bett lagen, konnte ich nicht mehr an mich halten und fiel quasi über sie her. Sie hatte wunderbar weiche Haut und roch so traumhaft. Leider fand unser Liebesspiel abrupt ein Ende als ich meine Hand, die tief in ihr versunken war, aus ihr herauszog.

»Oh oh«, konnte ich nur von mir geben.

»Was ist?«, fragte Dorie.

»Oh oh«, konnte ich nur wiederholen und sprang auf, um eine Küchenrolle zu holen.

»WAS IST???«, schrie Dorie nun fast und erst dann konnte ich ihr erklären, was passiert war.

Meine Hand tropfte vor Blut, als ich sie aus ihr herausgezogen hatte. Aber Dorie antwortete nun wieder völlig entspannt, dass sie dort unten eine Ader hätte, die öfter mal platzen würde, sie müsse sie endlich mal veröden lassen. Ich war sehr erleichtert über diese Information und wir konnten nun wieder kuschelnd bis in den Morgen hinein quatschen. Allerdings hatten wir von nun an ein neues Codewort, denn bei jedem von mir geäußerten »oh oh« zuckte Dorie zusammen.

Wir unternahmen immer mehr gemeinsam und verbrachten auch den einen oder anderen Abend in einem für uns beide günstig gelegenen Swingerclub. Der Club war sehr modern und alles andere als plüschig, es gab eine kleine SM-Ecke, eine Sauna und einen wirklich komfortablen Whirlpool. Wir Mädels zahlten dort nur 10,-€ Eintritt und konnten incl. aller Getränke, und freitags sogar incl. Buffet, alles nutzen, wir mussten uns nur die Kerle vom Hals halten. Dies gelang uns aber auf ganz einfache Art und Weise, ich spielte als Erstes ein wenig in der SM-Ecke mit Dorie, so waren die Herren der Schöpfung erst mal gleich abgeschreckt. Einer beschwerte sich sogar an der Bar über unser Verhalten und verlangte vom Tresenpersonal dazwischen zu gehen, weil es ja offensichtlich sei, das meine Kleine leiden würde. An diesem Abend aber war der Chef persönlich da, der selbst SMler war und nur antwortete:

»na das hoff ich doch, aber ich schau mir das mal an«, sprachs und gesellte sich schmunzelnd zu uns und genoss es, unser Treiben mit anzusehen.

Aber ich wollte dennoch auch mal ungestört mit ihr spielen und so entschloss ich mich, Dorie einmal in Wendys Wohnzimmer mitzunehmen, allerdings verschwieg ich ihr, um was für einen Club es sich handelte. Es war ein Donnerstag Abend, es würde nicht viel los sein, was gerade für einen Neueinstieg sehr angenehm sein konnte. Ich wollte mir selbst einen eigenen Traum wahr machen und Dorie mit etwas überraschen, was ich selbst zu meinem eigenen Bedauern nicht mehr erleben konnte. Da ich in Berlin bereits alle Clubs kannte, würde ich selber nie wieder in einen Club, den ich noch nie betreten hatte, in dem ich niemanden kannte, wo Dinge geschahen, die mir völlig fremd waren, mit verbundenen Augen hineingeführt werden können. Und so bedeutete ich der Kleinen sich in der Garderobe gleich am Eingang umzuziehen und führte sie von da an mit verbundenen Augen in den Club. Ich platzierte sie erst einmal in die Sitzecke und bestellte ihr etwas zu trinken, wir redeten über dies und das und ließen uns aufeinander ein. Als sich die erste Aufregung gelegt hatte, band ich der Kleinen ein Seil um die Handgelenke und führte sie in den hinteren Teil des Clubs. Ich befestigte das andere Ende des Seils im, an der Decke hängenden, Bondagering und zurrte es so fest, das sie beinahe auf Zehenspitzen stehen musste, um sich oben festhalten zu können. Sie hatte einen wunderschönen sehr weiblichen Körper, mit großen festen Brüsten in Körbchengröße Doppel-D, die dank ihres jungen Alters und trotz der drei Kinder noch nicht der Schwerkraft zum Opfer gefallen waren. Ihren langen rotbraunen Haare hatte sie zum Zopf zusammen gebunden, so das sie ihre weißen Schultern frei ließen. Der Anblick wie sie da so hing, in ihrer prallen Weiblichkeit, war göttlich.

Eine Weile stand ich einfach nur da und betrachtete sie, wie eine Spinne, die ihr Opfer im Netz gefangen hatte.

Ich öffnete langsam meine Tasche, nahm den Spikeshandschuh heraus und umstrich die dralle Biene, die sich in mein Netz verflogen hatte. Erst ganz sanft, so das sich eine Gänsehaut über den zarten Körper zog, dann etwas stärker so das sie erschauerte, strich ich über den so berauschend duftenden Körper. Die ersten roten Kratzer waren schon auf ihrer so sehr weißen Haut mit den kleinen Sommersprossen zu sehen, so das ich meiner Lust nachging, sie mit den Fingernägeln zu vertiefen. Der Kopf der Kleinen bog sich leicht nach hinten und ein ziehender Laut entwich ihren vollen Lippen. Ich konnte nicht anders als kräftig auszuholen und ihr mit der freien Hand auf den Hintern zu hauen, es klatschte so das Dorie eher von dem Geräusch als vor Schmerz zurückzuckte. Es folgten weitere immer härtere Schläge und erst dann wies ich sie daraufhin doch bitte mitzuzählen, da es für den Anfang von jedem zehn geben würde. Die Kleine realisierte mittlerweile kaum noch etwas, so sehr war sie in diesen für sie so neuen Empfindungen gefangen. Zwischen den Schlägen strich ich sanft über die sich rötenden Stellen, erfühlte die sich hervorhebenden Schwellungen und genoss die vollen Rundungen dieses wunderbaren Körpers. Und schon holte ich das erste wirkliche Schlaginstrument aus meiner Tasche. Die kleine Gummipeitsche, die einerseits wie eine Massage aber andererseits auch sehr eklig werden konnte. Ich nahm ein paar Holzwäscheklammern und wollte sie erst an den Armen befestigen, doch die Haut der Kleinen war so straff das dieses Vorhaben misslang, so musste ihre Zunge und ihre sehr geilen und großen Brüste herhalten. Zwei an den Nippeln und rundherum je 4 Stück, die ich ihr dann genüßlich mit der Gummipeitsche abschlug. Was war das für ein wunderschönes Spiel, die kleinen Regungen zu beobachten, wenn die Klammer nur noch halb an der ach so zarten Haut hing, kurz davor abzufallen. Ich wusste nur all zu gut wie sehr man in dieser Situation hoffte, das sich dieses scheiß Teilchen endlich löste.

Überhaupt tat ich nur genau das was mit mir schon angestellt wurde, abgesehen davon das ich große Brüste über alles liebte und genau deshalb strich ich unentwegt darüber, massierte sie, wog sie in den Händen, küsste und leckte sie. Es war eine Wonne!

Aber ich quälte sie auch zu gerne, schlug darauf, weil ich wusste wie empfindlich dieser so zarte Teil des Körpers war.

Dann nahm ich mein heiß geliebtes Stöckchen und schlug erst sanft und dann immer stärker auf den sich nun hervor streckenden Hintern. Diesmal zählte Dorie brav mit, nur leider wusste sie bis dahin noch nicht, das sie trotz des Wechselns der Schlaginstrumente jedes seine eigene Anzahl Schläge hatte. Somit wollte Dorie einfach weiter zählen, was natürlich falsch war, denn mit der Hand hatte sie bisher 10 weg, aber mit der Peitsche erst 5, mit dem Stöckchen 4 und mit dem Lederpaddel noch gar keins. Die Schwierigkeit bestand nun darin trotz des Wechsels der Instrumente genau da weiter zu zählen wo vorher aufgehört wurde. Es dauerte natürlich auch nicht lange und sie verlor hoffnungslos den Überblick und gab sich einfach nur ihren Empfindungen hin. Es war ein Wechselspiel von sanfter Zartheit und scharfem Schmerz und sie genoss es sichtlich, wie ein Griff zwischen ihre Beine bewies, denn der von ihr gewünschte Slip war klatschnass. Ich zog kräftig daran, so das sich der dünne Stoff scharf ins Fleisch schnitt.

Mittlerweile wurden die Hände der Kleinen allerdings kalt, so das ich mich entschloss es fürs Erste mal gut sein zu lassen, ich wollte ja noch etwas von ihr haben. Also band ich die Kleine los und setzte sie auf die nebenstehende Couch. Dorie atmete sichtbar auf und ließ sich dankbar sinken. Ich ließ ihr diesen Moment, gab ihr zu trinken und bereitete nebenher meine Seile vor.

Nach einer Pause, in der ich sie in den Armen hielt und streichelte, ließ ich sie aufstehen und führte sie in die Mitte des Raumes wieder direkt unter den Bondagering. Ich wog sie in Sicherheit und legte ihr langsam den Arm auf den Rücken. So knüpfte ich nicht nur mit Seilen, sondern auch gleich an unsere vorher entstandene Nähe an. Ich umspann Dorie, erspürte ihren Körper, zog hier und da, mal fester mal sanfter, verschmolz mit ihrem Körper. Wir waren noch immer sehr erregt und Beide sehr nass zwischen den Beinen, allerdings war das gerade nicht so wichtig, das gegenseitige erspüren machte es sehr viel spannender. Sehr intensiv war der Moment, als ich der Kleinen den letzten Fuß vom Boden wegzog und sie mir voll vertrauen musste, vertrauen auf meine Seilkünste, vertrauen darauf, das ich wusste, was ich da tat. Es war ein schöner Moment sie da so hängen zu haben, so völlig hilflos und ich nutze das natürlich auch gleich aus.

»Wie war das, die rechte Arschbacke tut mehr weh als die Linke? Na das werden wir dann mal gleich ändern!«, riss ich sie aus ihrem geistigen Dahintreiben.

Und schon setzte es den ersten Schlag, die Kleine wand sich in ihren Seilen und versuchte auszuweichen, nur hatte das natürlich wenig Sinn. Ich ließ sie noch ein wenig tanzen, massierte ihre prallen Brüste und berührte sie, wo ich nur konnte. Es war ein wunderschöner Moment sie dann ganz innig zu küssen und ihr übers Gesicht zu streichen, bevor ich sie wieder herunterließ und losmachte.

Unsere Hormone spielten verrückt. Endorphine und der Adrenalinkick tat sein übriges, wir waren beide sehr aufgewühlt. Schade, dass wir nun nicht in irgendeinem Whirlpool entspannen konnten, aneinander gekuschelt, von Düsen massiert, aber wir taten auch so unser bestes und kuschelte sehr ausgiebig auf dem Bett im Keller des Clubs hinter zugezogenen Gardinen. Und natürlich kam nun auch ich nicht zu kurz und fackelte nicht lange, sie mit meinem Doppeldildo gehörig durchzuvögeln. So hatten wir beide gehörig Spaß und kamen voll auf unsere Kosten.

Der Abend war schon ziemlich weit fortgeschritten, wir hatten unsere Körper erspürt und wären noch zu gerne geblieben, nur leider hat auch der schönste Abend sein Ende. So zeigte ich der Kleinen erst einmal den gesamten Club und erklärte ihr, wozu welche Vorrichtung gut war. Sie hatte einen kleinen Einblick in meine Welt erhaschen können und sollte nun entscheiden, das fortzusetzen oder es eben für sich als einmal erlebt abzuhaken. Dann zogen wir uns unsere Alltagsklamotten an und betraten wieder die normale Welt. Bevor Dorie von dannen zog, bekam sie noch den Auftrag mir eine E-Mail über ihr Erlebnis zu schicken. Ich wollte wissen, was ihr besonders gefallen hatte und was sie nicht so mochte.

Es stellte sich aber nach und nach heraus, dass Dorie die Aufmerksamkeit zwar sehr genoss, sie aber eigentlich kaum masochistisch veranlagt war. Sie mochte es zwar die Kontrolle abzugeben, aber alles andere war ihr eigentlich zu viel. Wir unterhielten uns lange darüber, aber ich wollte sie auch zu nichts zwingen, woran sie keinen Gefallen hatte und um sie zu bestrafen war sie einfach zu lieb und folgsam. So dauerte es auch nicht lange und wir hatten nur noch Kuschelsex.

An einem Abend beim Subbiekränzchen in Wendys Wohnzimmer war Dorie, die mich nun immer mal begleitete, noch quirliger als sonst. Sie wuselte durch den Club und ich vermutete, dass ein blonder Hüne, der sich anscheinend verirrt hatte, der Anlass dafür war. In der Pause unterhielten sich die Beiden auch tatsächlich und fortan, hatte Dorie immer weniger Zeit für mich und beendete unser tête-à-tête, dann auch recht bald. Mein Herz tat zwar ein wenig weh, aber ich gönnte ihr dieses Glück, denn dieser Kerl tat ihr anscheinend tatsächlich gut. Ich konnte an ihr ja nicht mehr wachsen, war zu schnell an ihre Grenzen gestoßen. Wir hatten auch lange noch einen guten Kontakt zueinander, der aber leider irgendwann einschlief.

Es war eben nicht einfach mit den Bi-Mädels, sie genossen zwar die Begegnungen mit Frauen sehr, aber sobald ein Mann am Horizont erschien, war alle Weiblichkeit vergessen.

Kapitel 4

Mein Telefon klingelte, Mika rief mich an:

»Hallo Liebes, wir hatten doch mal diese Tangoperformance im Hedonistentempel gesehen, als die Menge sich teilte und sich ein Paar eng aneinander geschmiegt sehr sinnlich zu toller Musik bewegte. Du sagtest damals:

»egal was das ist, ich möchte das auch können«, gilt das noch?«

Ich war etwas perplex, hatte ich doch mit so einer Nachfrage nun so gar nicht gerechnet.

»Wieso fragst Du?«, entgegnete ich.

»Nun, ich würde das gern lernen, allerdings als Führende, hast Du Lust mit mir zur Tanzschule zu gehen?«

Ich war sehr geschmeichelt, dass Mika ausgerechnet mich fragte und willigte natürlich ein.

Schon eine Woche später standen wir gemeinsam auf dem Parket, das von nun an für uns die Welt bedeuten sollte. Denn schon nach kurzer Zeit hatte es uns gepackt, das Tangofieber. Wir machten recht schnell Fortschritte, was aber auch daran lag, dass wir jeden freien Abend nutzten um auf irgendeine Tangoveranstaltung, die beim Tango Argentino Milonga heißt, zu gehen. Die Tango-Lounge, eine Location hatte es uns sehr angetan, es war eine Fabriketage, die zu einem wunderbar romantischen Ballsaal umgebaut worden war. Auf Tischen, die aus dem vorigen Jahrhundert zu stammen schienen standen überall riesige Blumen-Bouquets. Auch die Sessel und Couchen waren alt aber bequem und so konnte man von überall auf den sich in der Mitte des Saals befindlichen Flügel schauen, der von tanzenden Paaren umrundet wurden. Wir waren beide gefangen von der Ausstrahlung dieses Raums, aber vor allem gefiel uns die Musik, die so ganz Tango untypisch war und sich deshalb auch Non-Tango nannte.

Irgendwann trauten wir uns dann auch aufs Parkett und drehten ein paar Runden um das in der Tanzschule erlernte zu festigen, aber es dauerte auch nicht lange und wir wurden aufgefordert. Unsere Tanzlehrerin hatte uns eingeschärft, dass man niemals ablehnte, es sei denn man hatte gebrochene Beine. Denn der Mann der einmal einen Korb erhalten hätte, würde einen nie wieder auffordern. Aber man bräuchte auch nur drei Musikstücke durchzuhalten, danach könne man sich freundlich verabschieden.

Gesagt getan, der Erste kam und ich willigte ein, obwohl er schon sehr durchgeschwitzt war. Allerdings beichtete ich ihm auch, dass ich Anfängerin sei, was ihn allerdings nicht davon abhielt die schwierigsten Figuren mit mir zu probieren. Natürlich ging das schief und als er dann nur noch »Kreuz« sagte, wenn er mich ins Kreuz bringen wollte, war das mehr als nervig. Aber ich hielt tapfer durch und er hatte von nun an den Spitznamen Mr. Kreuz, um den ich nun immer einen großen Bogen machte.

Ein ganz anderes Erlebnis hatte ich mit Wilhelm. Es war ein Samstagabend zu fortgeschrittener Stunde, die üblichen Verdächtigen waren schon im Begriff zu gehen. Da erschien Wilhelm auf der Tanzfläche, forderte mich auf und es passierte etwas Wunderbares. Irgendwie verschmolzen unsere Körper miteinander und obwohl ich erst seit ein paar Wochen tanzte und nur wenige Figuren kannte, schwebten wir übers Parkett. Auch Mika war aufgefordert worden und irgendwann drehten nur noch wir beiden Pärchen unsere Runden um den Flügel. Es war ein wunderbares Gefühl und auch wenn ich wusste, dass ich noch nicht so ganz mit ihm mithalten konnte, gab er mir nicht das Gefühl nicht zu genügen. Im Gegenteil, ich bekam eine Ahnung davon, wie sinnlich und erfüllend sich dieser Tanz anfühlte. Wir tanzten tatsächlich bis in die frühen Morgenstunden, nur die beiden Betreiber der Tango-Lounge saßen bei einem Glas Wein auf einem Sofa und beobachteten uns. Es wurde bereits hell, als wir uns von unseren Tanzpartnern verabschiedeten und die Location verließen.

Lange schwelgte ich in dieser Erinnerung, aber Wilhelm ließ sich in den folgenden Wochen nicht mehr blicken. Aber ich gab nicht auf, ich wollte wieder so tanzen und natürlich besser werden, falls Wilhelm doch mal wieder erschien. Mika und ich übten also fleißig in der Tanzschule, aber auch auf diversen Milongas.

Mittlerweile waren wir schon ein wenig sicherer, aber mir ließ der Tanz mit Wilhelm keine Ruhe. Und dann stand er eines Abends wieder da, schaute mich an und winkte mich nur mit einer Kopfbewegung zu sich. Wie fremdgesteuert lief ich auf ihn zu, legte mich in seine Arme und ließ mich führen. Auch dieses mal verschmolzen unsere Körper und dieses mal fühlte ich mich schon viel sicherer. Funktionierte mal etwas nicht gleich auf Anhieb, versuchte es Wilhelm einfach noch einmal und so tastete ich mich langsam an die Figuren heran, bis es einigermaßen klappte. Auch gab er mir viele Tipps, wie ich meine Haltung verbessern könnte. In den Pausen unterhielten wir uns angeregt, er erzählte mir, dass er krank gewesen sei und sich bei mir nicht melden konnte, weil er meine Telefonnummer nicht kannte. Aber auch er habe unseren Tanz nicht vergessen und gehofft, dass ich wieder da sein würde, wenn er gesund genug wäre um wieder tanzen zu können.

Von nun an tanzen wir jeden Samstag lange Stunden miteinander, nach und nach wanderte seine Hand immer tiefer unter meinen Rock, wobei die Kunst dabei war, das nur zu wagen, wenn es niemand sehen konnte. Es dauerte nicht lange und er flüsterte mir zu:

»Ich gehe jetzt ins Treppenhaus, eine Etage höher und warte dort auf Dich«.

Ich war niemandem verpflichtet und so folgte ich ihm dorthin. Er stand auf dem oberen Podest und beobachtete wie ich langsam die Treppe hinauf kam. Kaum war ich oben, drückte er mich an die Wand und küsste mich. Er riss meinen Rock hoch und meinen Slip herunter, so dass ich kaum etwas dagegen tun konnte. An meinem Bein spürte ich seinen harten Schwanz und taste mich langsam dorthin. Plötzlich ging unter uns die Tür zur Tango-Lounge auf. Er hielt ruckartig inne und presste mir die Hand auf Mund und Nase. Ich genoss dieses Gefühl der Atemlosigkeit, wohl ahnend das er das nicht ganz unabsichtlich tat. Als wieder Ruhe im Treppenhaus herrschte, nahm er die Hand weg und küsste mich wiederum sehr fordernd. All das passierte wortlos und wie vorherbestimmt, auch dabei, wie schon beim Tanz, verschmolzen unsere Körper miteinander.

Ab diesem Samstag kam ich nur noch ohne Slip in die Tango-Lounge. Wilhelm bemerkte dies mit einigem Wohlwollen, das noch gesteigert wurde, als ich ihm im Raucherraum gegenüber saß und, langsam die Beine öffnete. Er war fasziniert von meinen Piercings und konnte sich an ihrem Anblick kaum sattsehen. Während des Tanzens versuchte er sie immer wieder zu berühren. Schließlich bestellte mich in den Flur, eine Treppe höher, und spielte an ihnen herum. Lange Zeit passierte aber nicht mehr zwischen uns.

Erst eine Tango-Veranstaltung der besonderen Art ließ ihn einen Schritt weiter gehen. Sie wurde von einem Pärchen aus der SM-Szene organisiert und fand in einer sehr erotisch ausgestatteten Location mit Separees statt. Ich lud Wilhelm einfach dazu ein und hoffte, dass er kommen würde. Ich hatte ein atemberaubendes rotes Kleid an, meine neuen Röschentanzschuhe und auch meine Seile dabei. Ich hatte sie gerade unter den Bondagering inmitten der Tanzfläche platziert, als Wilhelm hereinkam und mich sofort zum Tanzen aufforderte. Ich freute mich sehr, dass er gekommen war, und nach ein paar Runden bat ich ihn, mich zu meinen Seilen zu tanzen. Dort angekommen, fing ich an, mich selbst zu fesseln. Wilhelm saß mir gegenüber, am Rand der Tanzfläche, und beobachtete mich dabei. Er war sichtlich überrascht und genoss die kleine Darbietung offensichtlich sehr. Ich hängte mich in die Seile und zog mich an meinem Bein kopfüber, um mich dann zur Musik passend zu drehen. Um mich herum tanzten die Paare und ich stand kopf. Es war ein tolles Gefühl, alles war stimmig und fühlte sich wunderbar an. Nachdem ich mich wieder auf den Füßen befand, kam Wilhelm wieder zu mir hinüber, nahm die heruntergefallenen Seile, verband mir die Hände auf dem Rücken und fing nun so an mit mir zu tanzen. Es war ein einzigartiges Gefühl so wehrlos geführt zu werden. Wilhelm setzte dem aber noch eine Krone auf und tanzte mich in ein Separee. Dort angekommen, zögerte er auch nicht lange, drückte mich auf die Knie und schob mir seinen harten Schwanz in den Mund. Es dauerte auch nicht lange und er ergoss sich in mir, meine Darbietung musste ihn sehr erregt haben.

Manchmal wünscht man sich etwas, man malt es sich in den schillerndsten Farben aus, träumt einfach einen wunderschönen Traum.

Und dann passiert das Unglaubliche ... man erlebt diesen Traum, real und wahrhaftig!

Ein Traum von burlesk gekleideten Menschen, die sich ineinander verschlungen im Rhythmus berauschender Klänge, in glamourösem Ambiente bewegen. Sich zwischendurch mit erlesenen Köstlichkeiten stärken, einander hingeben, plaudern, lachen und immer wieder tanzen, tanzen, tanzen ... und man selbst ist mittendrin und lässt sich treiben.

Es gibt Tage im Leben, die vergisst man nie mehr, so vollkommen, einfach perfekt.

Man schließt die Augen und hört die wundervolle Musik, sieht die um sich herum tanzenden Menschen in seichtem Licht und fühlt die Arme die einen halten und führen.

Das Gefühl, das nun nichts mehr kommen muss, ist einmalig und lässt mich weinen vor Glück. Ich bin verliebt in diesen Tag, bin voll davon und weiß um die Besonderheit ihn erlebt zu haben ...

Mein Gott ist das Leben schön!

»Tango ist der vertikale Ausdruck eines horizontalen Verlangens.«

(George Bernhard Shaw)

Ab diesem Abend wurde Wilhelm sehr fordernd und gab mir auch seine Emailadresse, damit wir uns schreiben konnten. Er wollte Geschichten mit mir schreiben, denn es zeigte sich sehr schnell, dass in seinem Kopf Dinge vor sich gingen, die selbst jenseits meiner Vorstellung waren. Aber er war intelligent genug sie nur in seinem Kopf auszuleben. Wir schrieben also nun gemeinsam, jeder ein paar Abschnitte im Wechsel, an einer Geschichte, die uns beide ziemlich erregte.

***

Ein Fotoshooting, hieß es. Sie kannte den Fotografen schon eine Weile und hatte auch schon einige Shootings mit ihm gemacht, deshalb hatte sie auch keinerlei Bedenken als er etwas von »einem ehemaligen Schlachthaus etwas abgelegen« sagte. Alte verfallene Gebäude war sie schon gewohnt, die Bilder, die dort bisher entstanden waren, hatten sehr viel Stil und waren immer ein großer Erfolg. Sie wusste, dass sie nicht viel an Equipment mitnehmen musste, denn Haut war immer noch die gewinnbringendste Bekleidung.

Sie parkte ihr Auto in Sichtweite des Gebäudes und sah schon den Fotografen, wie er gerade die Koffer mit seinen Gerätschaften auspackte. Sie ging zu ihm hinüber, sie begrüßten sich und er gab ihr einen Schluck aus seiner Kaffeekanne. Sobald er alles auf dem kleinen Rollwägelchen verstaut hatte, gingen sie in Richtung Gebäude, dessen großes Eingangstor nur angelehnt war. Sie blieb stehen und lauschte, hatte sie da etwas gehört? Irgendwie war ihr schwummrig. Eigentlich sollten sie alleine dort sein. Wer weiß vielleicht nur eine Katze die durchs Unterholz der recht verwilderten Umgebung strich. Doch als sie das Tor öffneten, umgab sie quirlige Geschäftigkeit, sie schrak zurück, diese Halle war doch seit Jahren stillgelegt. Nun wurden dort aber Schweinehälften auf hohen Stangen hin und hergeschoben, es roch nach warmem Blut und weit weg quiekte etwas. Ihr Blick wanderte zu ihrem Fotografen der sich, wie selbstverständlich einen Weg durch die arbeitenden Männer bahnte, die tatsächlich bis auf Metzgerschürzen nackt waren. Wieso waren die nackt und was passierte hier überhaupt? Sie überkam Angst und sie wollte sich gerade umdrehen und wieder hinauslaufen, als sie einen komischen beißenden Geruch wahrnahm. Ein Tuch legte sich auf ihren Mund. Plötzlich verschwamm alles vor ihren Augen und sie nahm alles nur noch wie durch Milchglas wahr. Sie wollte schreien, weglaufen, aber sie merkte, dass sie sich nicht bewegen konnte. Es war ein Albtraum, war es das? Oder erlebte sie das wirklich?

Das nächste was sie wieder bewusst wahrnahm, war, dass sie nackt, kopfüber mit gespreizten Beinen nur an den Füßen aufgehängt zwischen den Schweinehälften hing. In ihr steckte etwas, was sie nicht sehen konnte, aber es musste sehr groß sein, denn sie fühlte sich völlig ausgefüllt. Einer der beschürzten Männer trat an sie heran und kniff ihr fest in die Brustwarzen, sie hing mit dem Kopf genau in Höhe seiner Körpermitte. Er schob seine Schürze beiseite und steckte ihr seinen steifen Schwanz in den Rachen. Sie sah das Blitzlicht ihres Fotografen aufleuchten und dachte nur- diese Bilder werden doch wirklich mal echt wirken. Sie wurde weiter geschoben und der nächste Mann fickte sie in den Mund, bis er sich in ihr ergoss, dann nahm er einen Schlauch und spülte ihren Mund mit kaltem Wasser aus. Ein paar mal geschah das so, bis einer den harten Strahl über ihren ganzen Körper wandern ließ, so das sie ihn vor Kälte kaum noch spürte. Sie musste das alles über sich ergehen lassen, denn auch ihre Hände waren hinter ihrem Rücken zusammen gebunden. Und wieder nahm sie diesen eigenartig beißenden Geruch wahr.

Als Nächstes sah sie wieder aus ihrem Dämmerzustand heraus, wie einer der Schürzenmänner ein noch ganzes Schwein, das auf einem Seziertisch lag, durchfickte. Fleisch, ja auch sie war nichts anderes als Fleisch. An der gegenüberliegenden Wand hingen genau die gleichen Schweinehälften und nun sah sie dazwischen auch eine nackte Frau hängen und nun wusste sie auch was da in ihr steckte – es war ein langer Holzstab, der schon beinahe einem Pfahl glich. An dessen Ende war ein Fleischerhaken befestigt, der als Führung an der oberen Stange diente. Plötzlich bog sie um eine Ecke herum und hing fast frei an ihrer Stange. Und schon wurde das ausgenutzt, denn eine lederne Bullwhip traf sie mit voller Wucht. Sie kannte diesen Schmerz, und genau deshalb wusste sie auch, was sie da traf. Das Leder wickelte sich komplett um sie herum und das Ende klatschte gegen sie und fraß sich tief in ihre Haut. Die Halle war groß genug, so das richtig Schwung geholt werden konnte und sich beim dritten und vierten mal das Leder immer tiefer in ihren Körper schnitt. Immer wenn sie wieder ausgewickelt wurde, verdrehte sie sich unwillkürlich dabei und der Pfahl, der in ihr steckte, bohrte sich noch tiefer in sie. Allerdings war sie inzwischen so nass, dass es ein eher angenehmes Gefühl war.

Immer wieder bemerkte sie das Blitzlicht des Fotografen und sie freute sich schon jetzt auf das Ergebnis, denn dieses Shooting war doch wirklich mal ausgefallen.

Langsam hatte sie sich auch an den eigenartigen Geruch gewöhnt und gab sich ganz dem Dämmerzustand hin, der daraufhin folgte. Sie merkte, dass sich etwas verändert hatte, denn das Blut das sich durch die lange Hängezeit in ihrem Kopf gesammelt hatte, verteilte sich langsam wieder im Rest ihres Körpers. Man hatte ihren Oberkörper nach oben gezogen und die Arme durch ihre Beine geschoben und hinter dem Rücken zusammengebunden. Sie wurde nun von einem der Männer an dem Pfahl als Führungsstab an der Stange entlang gezogen. Dann wurde sie oben ausgehakt und lag nun wie ein Maikäfer auf dem Rücken und konnte sich keinen Millimeter bewegen und schon dämmerte sie wieder weg.

Sie fand sich als Nächstes auf einem dieser Seziertische wieder, natürlich an Armen und Beinen festgebunden und der Pfahl wurde mit einem Ruck aus ihr entfernt. Um sie herum standen mindestens fünf der Schürzenmänner – mit nun sehr erregten Schwänzen - die immer näher auf sie zukamen. Ihr wurden je ein Schwanz in die Hände gedrückt und auch ihr Mund hatte genug zu tun. Plötzlich merkte sie einen stechenden Schmerz in ihren Schamlippen und langsam ein immer praller werdendes Gefühl. Irgendwer injizierte ihr wohl eine Flüssigkeit dort hinein, die nur Kochsalzlösung sein konnte. An ihrem hinteren Ende stand ein stattlicher Kerl mit vollkommen tätowierten Armen, der sie süffisant angegrinste.

Sie wurde an Armen und Beinen losgemacht und gepackt und einmal herumgedreht, wie man es mit einem Stück Fleisch nun mal tat. Dann wurde sie mit schweren Stahleisen festgemacht, so das sie nur noch knien und gar nichts mehr bewegen konnte. Nun wurde eine Hand in sie hineingestoßen, erst langsam aber immer unter gleichbleibendem Druck, bis sie ganz verschwunden war. Da sie durch den Pfahl wunderbar geweitet war, war das so gar kein Problem und sie genoss die wiedererlangte Fülle. Die nun gebildete Faust glitt aus ihr hinaus und wieder hinein, durch die aufgepolsterten Schamlippen war das Gefühl noch intensiver. Als sie in die gleiche rhythmische Bewegung verfiel, bekam sie einen kräftigen Klatsch auf ihren prallen Arsch, so das sie sofort still hielt. Fleisch hatte sich nicht von allein zu bewegen. Wie im Nebel spürte sie nun nur noch wie sie nacheinander von den Männern durchgefickt und zwischendurch mit dem kalten Wasserschlauch ausgespült wurde. Sie spürte von alldem leider überhaupt nichts, was sie mittlerweile maßlos ärgerte, aber was hatte sie sich auch bewegt. So jedenfalls würde sie zu keinem Orgasmus kommen, aber das war ja auch nicht ihre Aufgabe hier.

Irgendwann wurde von ihr abgelassen, sie wurde noch einmal komplett abgespült und zum Trocknen wieder kopfüber aufgehangen. Dann wurde sie am Ende der Halle herunter gelassen und fand sich neben ihren Sachen wieder. So schnell sie konnte, zog sie sich an und lief nun etwas breitbeinig und mit zitternden Knien zum Tor hinaus. Draußen wartete schon ihr Fotograf, der sich überschwänglich bei ihr bedankte und ihr versprach ihr in den nächsten Tagen die Bilder zukommen zu lassen.

Erst später wenn sie die Bilder sehen würde, würde sie auch wirklich glauben, dass sie das alles erlebt und nicht nur geträumt hatte.

Zwei Tage später bekam sie von ihrem Fotografen einen Anruf. Sie freute sich, da sie gespannt auf das Ergebnis des Fotoshootings war. Um so niederschmetternder war die Aussage des Fotografen, dass die meisten Bilder nichts geworden wären, da die Beleuchtung einen Aussetzer gehabt hatte. Sie konnte diese Tatsache kaum glauben und vergewisserte sich noch einmal, denn das würde nun bedeuten das sie dort noch einmal hinmusste. Schließlich hatte sie einen Vertrag unterschrieben und der besagte- brauchbare Bilder, sonst bekam sie auch kein Geld dafür. Sie überlegte lange hin und her, aber sie brauchte das Geld, denn mittlerweile konnte sie eigentlich ganz gut von ihrem Model-Dasein leben. Andererseits wusste sie nun, worauf sie sich da einließ. Also sagte sie schweren Herzens aber auch mit einem klitzekleinen Funken der Lust zu, sich am nächsten Wochenende wieder am Schlachthaus einzufinden. Die Tage bis dahin waren für sie voller Unruhe und Anspannung, so das sie nicht anders konnte als sich im Internet zu informieren, was es mit diesem Schlachthof früher einmal auf sich hatte. Sie wurde auch nach kurzer Zeit in einem Bericht darüber fündig:

»Es handelt sich um ein abgelegenes Schlachthaus, in welchem verschiedene Nutztiere geschlachtet werden (insbesondere Schweine, aber auch Ziegen, Schafe, Rinder, Kühe, Pferde und Geflügel- wie Hühner, Enten, Gänse, Truthähne und neuerdings auch Strauße). Der Schlachthof liegt im Osten, das Fleisch wird insbesondere in den Westen geliefert. Größenordnung: 10000 Tiere pro Jahr, also relativ klein. Die Tiere werden bis zur Schlachtung in Unterständen gehalten, welche jeweils einen direkten Zugang zum Reinigungstrakt haben. Vor den Unterständen steht häufig ein Viehtransporter, welcher noch nicht entladen werden konnte.
Nachts ist der Schlachthof geschlossen. Das Wachpersonal und auch Metzger machen bei Schweinereien (mancher davon gegen ein minimales Endgeld) gerne mit. Es sind häufig ehemals Straffällige, welche in Baracken auf dem Gelände untergebracht sind. Sie sind es gewohnt, des nachts diese oder jene Tiere in ihre Baracke oder in die Schlachträume zu holen, um sich daran zu vergehen und sich zu entleeren und die Tiere ggf. dabei abzustechen.
Die Auswahl an Tieren ist immer sehr groß und die Tiere sind vom Geruch des Blutes total nervös und manchmal auch aggressiv (was dazu führt, dass sie gebunden und abgesichert werden müssen). Sehr häufig führt das bei den Tieren zu extremen Erektionen, da die

Erregung nicht nur im Kopf stattfindet. Einige der Häftlinge lassen sich auch selbst ficken und binden den Hodensack der ausgewählten Tiere ab, bis die Tiere noch aggressiver werden. Es soll vorgekommen sein, dass einem Bullen der Sack mit dem Messer in einem Schnitt abgeschnitten wurde und der Bulle so zum Ausbluten gebracht wurde. Der Hodensack bzw. die frischen, noch körperwarmen Eier wurden dann an anderer Stelle für Zeremonien an menschlichem Fleisch zum Einsatz gebracht.

Häufig werden auch gleichartige Tiere verschiedenen Geschlechts zusammengebracht und mit den aufgewühltesten Tieren eine Besamung vorgenommen, meist mit heftigen äußeren und inneren Verletzungen verbunden, nur um sich an dem Schauspiel aufzugeilen.

Details zum Gebäude: Altes Backsteingemäuer weiträumig abgezäunt, ziemlich schmutzig, Gelände voller Erde, Dreck, Fäkalien und Müllablagerungen.

Vorbereitungsbereich (hier warten die Tiere bis sie an der reihe sind) mit Wasserdüsen, Tränken, Einzelboxen zur Separierung (medizinische Untersuchung, für besonders auffällige Tiere), Elektroschockgeräte, Sicherheitsgänge für die Bauern, Lieferanten und Metzger, Gattergang aus Edelstahl zur Zuweisung der Tiere in den Schlachtbereich. In den Schlachträumen weiße Fliesen an der Wand, Fußboden graue rutschfeste Fliesen, Edelstahl Hängeschienen mit beweglicher Rollenabhängung und Edelstahl Hakenbefestigung zur Speizung der Schweine beim Schlachtvorgang. An diesen Haken werden sie kopfüber aufgehängt, aufgeschlitzt, Blut entnommen, Gedärme ausgelassen, Fleischstücke entnommen und mittels Axt in zwei Hälften zerteilt. Schlachttische, hier werden die Tiere in die Einzelteile zerlegt. Mehrere verschiedene Wasserbottiche zum Sammeln von Blut, zum Abstechen der Tiere, zum Ablassen und Sammeln der Innereien, schwarze Gummischläuche mit Spritzdüsen (kaltes und warmes Wasser), Schlammgrube, Fäkalienbottich, Brennkolben zum Beseitigen der Borsten. Geräteschränke mit Messern, Haken, Skalpellen, Bürsten, Schabern usw.

Diese Zustände habe in der Vergangenheit schon zu großer Aufregung geführt, seit allerdings bekannt wurde dass ab und an auch eine oder mehrere nackte Frauen in großen schwarzen Wagen angefahren wurden, wurde nach einer nächtlichen Razzia der Schlachthof geräumt und kurzum geschlossen. Die Frauen berichteten später das sie in der Regel zunächst verbundene Augen haben, wenn sie in das Schlachtgebäude geführt werden. Sie waren sehr nervös, bereits aber meist abgerichtet, vergewaltigt und gepeinigt und spüren dann die Unruhe der Tiere und Peiniger, hörten die Schreie der Tiere und rochen die Bedrohung und auch das Blut. Sie wurden dort bis zur Bewußtlosigkeit benutzt und geschändet und danach wieder in den schwarzen Wagen nach Hause gefahren. Und ja, die Frauen wurden dafür bezahlt.«

Nach dem sie diesen Bericht gelesen hatte, wurde ihr klar, was sie dort erlebt hatte. Wahrscheinlich wussten die Behörden noch gar nicht, dass dort heimlich »weitergearbeitet« wurde. Sie kämpfte mit sich bei der Polizei anzurufen, wollte aber erst sicher gehen, ob sie das wirklich nicht nur alles geträumt hatte.

Um so erstaunter war sie als das Schlachthaus diesmal wirklich leer und verlassen war, hatte sie die Szenarien die sich noch in ihrem Kopf befanden einfach nur phantasiert? Sie war verwirrt. Aber viel mehr darüber, dass sie beinahe enttäuscht war das die erwartete Geschäftigkeit ausblieb.

Wie selbstverständlich ging der Fotograf zur Mitte des Ganges der Halle und baute an einem der verrosteten Seziertische seine Kamera incl. Lichtanlage auf. Sie trottete ihm hinterher, versuchte Geräusche wahr zu nehmen, die gar nicht da waren und Dinge zu entdecken die sie eigentlich erwartet hätte. Aber ringsherum kein Tropfen Blut zu sehen, keinen Schweinehälften oder nackte beschürzte Männer. Sie zog sich aus und legte sich gelangweilt auf einen der Tische. Dann wartete sie auf die Anweisungen des Fotografen, der wie üblich Kunstblut und diverses Equipment dabei hatte und nun auspackte.

War da nicht wieder dieser beißende Geruch? Nein sie hatte sich getäuscht, da war nichts. Das Fotoshooting begann und sie langweilte sich sozusagen tierisch. Und wieder erahnte sie diesen speziellen beißenden Geruch und was war nun plötzlich passiert, sie schaute um sich- die Halle war plötzlich voller Leben, überall hingen wieder die Schweinehälften, es roch nach warmen frischem Blut und nackte Männer nur mit Schürzen bekleidet verrichteten ihr Werk. Die Schürzen und Metzger waren blutverschmiert, ihre Schwänze ebenfalls, ganz zu schweigen vom Fußboden, den Wänden und den Schlachttischen. Zwischen den Schweinen hing immer mal wieder kopfüber eine nackte Frau aufgespießt und meist bewußtlos. Sie selbst lag immer noch auf diesem Seziertisch, aber auf einer Schweinehälfte die noch warm war, das frische Blut klebte warm auf ihrer nackten Haut. Sie schrak kurz zurück, aber ihr Fotograf bedeutete ihr zu schweigen. Einer der Männer kam auf sie zu, dennoch konnte sie keine Kraft aufbringen aufzustehen und wegzulaufen. Er kam, nahm sie einfach und fickte sie ungefragt. Dann zückte er sein Messer, sie wollte schreien, bekam aber keinen Ton heraus. Er hob den Arm holte aus und schnitt mit einem Hieb das Bein des Schweines ab, auf dem sie lag. Sie atmete erleichtert auf, aber dann bekam sie doch wieder Angst als er ihre Beine bis zum Anschlag spreizte und ihr das vor Blut tropfende Messer an ihrer Fotze abwischte und das Schweinebein in sie hinein schob. Es war erstaunlich angenehm, da es noch warm war, sie vollkommen ausfüllte und das Blut warm aus ihr heraus lief. Schade nur das sie immer noch in diesem Dämmerzustand war und ihre sexuelle Erregung begrenzt war. Sie kam immer nur bis kurz vor den Höhepunkt und dann flaute er wieder ab.

Sie nahm ihren Fotografen immer nur in Momenten des Blitzlichtes wahr, er war also immer noch am Bilder schießen. Die anderen Metzger standen nicht nur um sie herum und wichsten sich einen. Sie schlachteten natürlich auch, es wurden zwar nur Schweine geschlachtet, direkt daneben wurden aber andere Aktivitäten durchgezogen. Frauen wurden vergewaltigt, geschunden, geschlagen, gebrandmarkt. Besonders brutal war das Aufspießen an den Schweinehaken, die Auspeitschungen und Waschungen, das Ficken auf den Schweinehälften, das Einführen von Innereien. Das Geschrei auch der Tiere war erbärmlich, es ging ihr durch Mark und Bein und die Bedrohung durch den Einsatz von Messern war allgegenwärtig. Die Männer waren aggressiv und angeheizt, sie wollten ihre Gewalt nicht nur an den Tieren auslassen, sie waren durchaus bereit, in einer Gemeinschaftsaktion über tierische und menschliche Körper herzufallen, sie zu benutzen, ihre dicken Fäuste, Gedärme und Gebeine einzusetzen, bis auch hier das Geschrei aus Wohllust und Schmerz nicht zu überhören war.

Sie versuchte die Augen zu schließen, war hin und her gerissen zwischen maßloser Geilheit und ekelerregender Abscheu, aber sie konnte wenigstens etwas von diesen Grausamkeiten genießen. Plötzlich gab ihr einer der Männer eine Ohrfeige und bedeutete ihr genau hinzusehen. Er nahm sich ein noch nicht halbiertes und noch ein wenig lebendes Schwein vor, das bäuchlings auf einem Seziertisch lag und sie musste zusehen, wie sein Schwanz in das vor Fett glipschiges Loch des Schweins eingefahren wurde. Es musste sich anfühlen, wie eine vor Geilheit geschmierte Fotze, jedenfalls sah sein Gesichtsausdruck so aus. Das Glied wurde etwas mit Blut benetzt, es sah aus, wie beim Ficken von einem vor Menstruationsblut sabberndem Loch. Es entstanden Quietsche- und Blubbergeräusche, durch den Unterdruck und das rein und raus ziehen. Plötzlich holte er sein Messer hervor und begann während des Fickens auf das Tier einzustechen, so dass der zuckenden Körper beim Ausbluten den Orgasmus herbeiführten.

Ihr wurde flau im Magen, sie hatte genug und wollte einfach nur noch weg, aber sie konnte sich immer noch nicht bewegen. Plötzlich kam ein Metzger mit einem riesigen Fleischerhaken auf sie zu, sie zuckte zusammen und bekam pure Panik, er wollte sie doch nicht etwa auch aufspießen. Er beugte sich über sie, griff ihr ins Genick, holte aus und stach mit Schwung zu. Sie war wie versteinert. Dann merkte sie, dass sie gar nichts spürte – war sie schon wieder betäubt worden? Der Kerl zog nun an dem Haken und sie erwartete, hochgehoben zu werden. Doch sie rutschte nur leicht nach vorne. Und nun erkannte sie auch was passiert war, er hatte die Schweinehälfte unter ihr aufgespießt und zog sie unter ihr hervor. Sie war maßlos erleichtert, ließ sich nach hinten fallen und schloss die Augen. Aber schon hörte sie ein sonderbares Geräusch, das sie unbedingt orten wollte, weil es sich irgendwie nach Gefahr anhörte.

Sie sah einen Rollwagen mit einem darauf festgebundenen Metzger, der nackt war und der eine Schweinemaske trug, auf sich zukommen. Ein anderer Metzger nahm sich einen Eimer mit einer schmierigen Paste und schmierte sie ihr auf die Fotze, es war warm und klebrig. Das Metzgerschwein quiekte erbärmlich und verdrehte die Augen, sodass es beinahe wie ein echtes Schwein aussah. Als es zwischen ihre gespreizten Beine geschoben wurde, beruhigte es sich, streckte genüsslich seine Zunge heraus und fing an ihre Fotze mit seiner Zunge abzulecken. Es war ein sonderbares Gefühl und sie war drauf und dran es zu genießen. Leider war das Metzgerschwein viel zu schnell damit fertig, aber jetzt wurde es plötzlich ganz aufgeregt. Sie wurde zudem noch gegriffen und auf den Bauch gedreht, wieder mit diesen Metallschlaufen fixiert und konnte nun nicht mehr sehen, was hinter ihr geschah. Sie hörte, wie ein Motor anlief und die Männer das sehr erregte Metzgerschwein gerade noch gebändigt bekamen. Nur aus dem Augenwinkel sah sie, dass der Rollwagen ein Hubwagen war und das Metzgerschwein gerade nach oben in Schräglage nach oben gehoben wurde.

Alles um sie herum fing sich an zu drehen und sie konnte immer weniger zwischen Fantasie und Realität unterscheiden. Das Schwein sah riesig aus, wohl weil es ein Eber war, denn sie sah den riesigen komplett ausgefahrenen Schwanz, der die Form eines Korkenziehers hatte.

Das musste ein besonderes Prachtexemplar sein, denn so einen riesigen Schwanz hatte sie bisher nur bei einem Pferd gesehen und diese ausgefallene Form noch nie. Schon spürte sie, wie er in sie eindrang, sich in sie hinein schraubte und fühlte, wie es ihr beinahe die Fotze zerriss. Der Zuchteber fing an, auf ihr zu rammeln, und gab ganz sonderbare Geräusche von sich. Sie war erstaunt, wie ausdauernd er war, es musste schon eine halbe Stunde vergangen sein und die ganze Zeit kam während dessen stoßweise ein Schwall an Sperma aus dem Schwanz mit Druck herausgeschossen, so, dass sie dauerbesamt wurde. Das Sperma lief aus ihr heraus und wurde scheinbar unter ihr aufgefangen, anscheinend war es kostbar. Der Schwanz rotierte unaufhörlich in ihr, sodass sie sich schon ziemlich zerrammelt und wund anfühlte.

Irgendwann beruhigte sich das Metzgerschwein und wurde still, der Schwanz wurde schlaff und rutschte aus ihr heraus. Plötzlich schob einer der Kerle einen Trichter in ihren Mund und sie fühlte, wie sich eine warme schleimige Masse ihren Weg durch ihren Schlund bahnte. Ihr würde übel. Es musste das noch warme aufgefangene Sperma des Schweins gewesen sein. Dann hörte sie wieder den Motor und spürte, wie ihre Fesseln gelockert wurde. Sie fühlte sich schlapp, durchgevögelt und müde. Sie wollte nur noch nach Hause.

Die Kerle mussten das begriffen haben, denn sie spülten sie mit dem Wasserschlauch ab und aus, hoben sie an und trugen sie zum Ausgang. Dort lagen wieder ihre Sachen, die sie diesmal in Ruhe anzog und sich dann zu ihrem Auto schleppte. Sie war fix und fertig und ihr war schlecht, so das sie sich hinter ihrem Wagen vor Anstrengung und Ekel übergeben musste. Sie wartete nicht auf den Fotografen, sondern fuhr ohne Umwege nach Hause.

***

Wilhelm hatte wirklich sehr einzigartige Fantasien, die weit über meine Vorstellung hinausging. Wir sprachen auch während des Tanzens nie darüber, wir tanzten nur und trafen uns im Treppenhaus, alles beschränkte sich auf die Tango-Lounge.

Er lebte in zwei Welten, die eine fand in seinem Kopf statt und die andere war real. Er wusste, dass er beide nicht miteinander verbinden konnte und gerade deshalb war wohl ich die Brücke dazu. Er konnte mit mir seine Gedanken austauschen und harten Sex haben, aber das passte nicht in seine heile christlich anerzogene Welt. Er tat mir leid, denn er würde niemals seine Fantasien ausleben können. Er musste sich damit zu Frieden geben.

Kapitel 5

Anders verhielt es sich allerdings mit einem anderen Tango Tänzer, den ich auch auf einer dieser besonderen BDSM-Tangopartys kennenlernte, als Wilhelm einmal nicht konnte.

Er tanzte sehr eng und anzüglich mit mir und ließ keinen Zweifel daran das er mich begehrte. Wir redeten an diesem Abend kaum miteinander, wir fühlten und tanzten.

In Berlin gibt es einige dieser Milongas, aber die Auswahl ist doch überschaubar und so dauerte es auch nicht lange und wir liefen uns bald wieder über den Weg. Wir tanzten wieder sehr eng und innig und unterhielten uns dieses mal aber etwas ausführlicher. Er war 10 Jahre jünger als ich, Student und sehr intelligent. Er hatte blonde Locken und war auch sonst recht feminin, sodass ich ihn ganz entzückend fand, er sprach da etwas in mir an, dass sich neu und unwirklich anfühlte. Ich wollte herausfinden, was es war. Wir verabredeten uns beim nächsten mal direkt in der Tango-Lounge und tanzten den ganzen Abend, danach trafen wir uns in dieser Location nur noch zufällig. Dafür aber war er sehr aktiv in diversen Swingerclubs unterwegs, aber ich wollte ihn alleine haben und so bot es sich an, das ich Löckchen in Wendys Wohnzimmer einlud. Dieses mal wollte ich aber auch dort kein Publikum dabei haben. Ich war mit Wendy ja nun schon ein paar Jahre befreundet und da ich ab und an mal an der Bar aushalf, hatte ich sogar einen Schlüssel. Eine kurze Nachricht an Wendy reichte aus und ich hatte den ganzen Tag den Club für mich und sie dafür den Abend frei, denn ich übernahm als Gegenleistung ihre Schicht hinterm Tresen oder putzte vorher den Club.

Ich bestellte mir also das Löckchen um elf Uhr morgens in den Club. Zum Glück war er nicht zu früh dran, ich hat extra die Klingel nicht angeschaltet, denn ich braucht jede Minute Zeit, eine SMS würde ihm Einlass gewähren. Ich flitzte durch den Club, zündete Kerzen an, deckte den Frühstückstisch, schnürte mir das Korsett. Ich wollte, dass der Raum wohlig warm war, das Licht musste stimmen, denn schließlich war er noch jung und knackig und es sollte meinen Körper umschmeicheln. Der Tisch war reichlich gedeckt mit Prosecco, Kaviar, Eiern und Lachs, aber auch Süßes und Obst fehlten nicht, ich wollte schlemmen an diesem Tag und das bezog sich nicht nur auf ihn, sondern auch auf das Frühstück. Auch meine Kleidung hatte ich sorgsam ausgesucht, das schwarze, weich fallende Kleid, die vom Strapsgürtel gehaltenen Strümpfe und das Korsett, das meine Weiblichkeit noch mehr betonte.

Ich schafft es gerade pünktlich fertig zu sein, zog meine schwarzen Lackheels an, schaltete die wunderbare Tangomusik ein, die ich extra für diesen Tag auf CD gebrannt hatte, atmet noch einmal tief durch und ging zur Tür. Wie von mir gewünscht hatte er eine SMS geschickt. Ich öffnete.

Da stand er nun, eingekuschelt in warme Wintersachen, die rote Nase guckte nur heraus, sodass ich ihn einfach nur an mich ziehen konnte um ihn warm zu küssen. Ich zog ihn hinein ins Warme und schob ihn in die Garderobe, dass er erst mal einen Moment zum Durchatmen hatte, er musste sehr aufgeregt sein.

»Möchtest Du Kaffee?«, rief ich hinüber und er bejaht es leise. Oh was für ein Schnuckelchen. Er kam aus der Garderobe mit einem »ooooohhhhhhhh ist das schööööööön« und blickte sich im Raum um. Dann spürt ich, wie er hinter mich trat und mich warm und weich umarmte, ich fühlte mich wohl – sehr wohl.

»So und jetzt aber endlich Frühstücken«, bestimmte ich und schob ihn zum Tisch, der mit einem roten Tuch bedeckt mitten im Raum stand.

Wir frühstückten ausgiebig und tauschten uns über Alltägliches aus, er war so herrlich unsicher und fixierte mich um wenigstens einen Punkt der Ruhe in seinem aufgewühlten Selbst zu finden. Tage vorher schon hatte ich ihm schreckliches prophezeit, er war sehr ungehorsam gewesen und die Bestrafung würde fürchterlich sein - glaubte er. Eigentlich wäre wohl die größte Qual ihn einfach nach dem Frühstück wieder wegzuschicken, aber davon hätte ich so ganz und gar nichts gehabt, außerdem sollte es, uns beiden, Lust bereiten.

»Du solltest etwas mitbringen, zeig es mir«, schickte ich ihn stattdessen zu seinen Sachen. Er packte gehorsam ein Latexoberteil, die gewünschten durchnummerierten Klammern und neu gekaufte halterlose Strümpfe aus.

»Ich hab Dir auch etwas mitgebracht«, sagte ich und legte pinkfarbenen Lippenstift und zwei pinke Haarspangen auf den Tisch.

»Oh wie schön, vielen vielen Dank«, strahlte er über das ganze Gesicht.

Er hatte ein wirklich schönes Gesicht, warme braune Augen unter sorgsam gezupfte Augenbrauen, weiche volle Lippen und sehr glatt rasierte Wangen. Das alles war von hellen lockigen Haaren umrahmt, die ich einfach durchwuscheln musste. Die pinkfarbigen Haarspangen standen ihm viel besser als mir und auch der grelle Lippenstift unterstrich seine weibliche Seite.

»Schau Löckchen was ich Dir noch mitgebracht habe«, ich hielt ein schwarzes Röckchen hoch, »und nachher probieren wir noch das blaue Kleidchen hier«.

Ich konnte gar nicht so schnell gucken, wie er aus seinen Hosen heraus schlüpfte. Plötzlich stoppt er.

»Ich habs gewagt, mir rote Strümpfe zu kaufen, ich hoffe Du bist jetzt nicht böse mit mir?«

Dann zog er die Hose ganz herunter und zeigt seine bis zu den Knien heruntergerutschte Neuerrungenschaft.

»Was bist Du nur für eine Schlampe? Schau die rutschen ja schon wieder, so hast Du in der U-Bahn gesessen?«, empörte ich mich.

»Deine nächste Aufgabe wird sein, das Du Dir einen Strumpfhalter kaufst, so kann man ja mit Dir nirgends hingehen!«, schalt ich ihn.

Er stand vor mir, mit seinen 1,80m ein Bild von einem Mann und dennoch blickt er betreten zu Boden, man sah ihm an, dass er keine Schlampe, sondern ein braves Mädchen sein wollte. MEIN braves Mädchen, um genau zu sein.

Inzwischen hatte er das schwarze Röckchen an, das an einer Stelle verdächtig hochstand.

»Nun sieh Dir das an und sag mir bitte was Du sonst bist?«, wies ich ihn zurecht und zeigte in Richtung der Ausbeulung. Er schaut noch betretener an sich herunter.

»Stimmt ich bin eine Schlampe, aber Du wirst mir beibringen ein braves Mädchen zu sein, stimmts?«

Nun strahlt er mich an. Ich nahm das Proseccoglas, gab es ihm und stieß mit ihm an. Was für ein schöner Tag, genauso hatte ich es mir ausgemalt, mit genau dieser Stimmung.

Auch wenn er gerade so gar nicht in mein Leben passte, denn eigentlich war ich diejenige die von einem Mann gedemütigt werden und Schmerzen und Lust erleben wollte. Aber ich musste den Spieß nur drehen, wie ich es wollte und Letzteres war ja trotzdem nicht ausgeschlossen bei so einem Jüngling. Seine sehr feminine Seite half mir dabei sehr, denn so konnte ich ihn als mein Mädchen ansehen. Ich war erstaunt, welche Töne er in mir anstimmte, aber genau dieses Erstaunen weckte auch die Neugier in mir. Ich wollte wissen, wie weit ich auch auf dieser Saite spielen konnte.

Ich hielt ihm sein Proseccoglas vor die Nase:

»Und was ist das schon wieder für eine Schlamperei? Wieso ist da Lippenstift am Glas? Das üben wir jetzt mal, so kann das ja nicht weitergehen!«

Ich band Löckchen die Hände auf den Rücken, nahm eine Schüssel und schüttete die durchnummerierten Wäscheklammern auf die Erde.

»So, Du wirst jetzt fein säuberlich die Klammern mit dem Mund einsammeln und wehe da ist Lippenstift auf einer Klammer. Genau die Zahl die dann da drauf steht, bekommst Du an den Körper geklammert.«

Er schaute mich mit seinen großen braunen Augen an, kniet aber sofort nieder und gab sein bestes. Während er sich abmühte, griff ich unter seinen Rock, massierte ihm fest die Eier und den Schwanz, sodass er zeitweilig innehielt und einfach nur genoss. Aber dann war er wieder sehr bemüht seiner Aufgabe nachzukommen, auch als ich den Spikeshandschuh nahm und er dann auch vor Schmerz aufstöhnte. Es machte mich ziemlich an ihn so verwandelt zu sehen, den großen gut aussehenden Kerl, nun hier knieend und als Mädchen verkleidet vor mir. Als er fertig war und alle Klammern in der Schüssel lagen, kontrollierte ich sie und fand mehrere Klammern mit reichlich Lippenstift daran. Die Nummer 15 hatte das Meiste abbekommen und war zugleich die höchste beschmutzte Zahl.

Ich schaut ihn vorwurfsvoll an, ließ ihn aufstehen und band ihn mit den Händen nach oben an den Deckenhaken. Da stand er nun, den Kopf gesenkt mit immer noch steifem Schwanz. Die ersten vierzehn Klammern fand das Löckchen auch noch harmlos und war wohl schon beinahe enttäuscht, aber Nr. 15 war böse, denn an der Zunge sind Holzklammern einfach widerlich und tun verdammt weh – wie ich aus eigener Erfahrung ja nur zu gut wusste. Aber ich genoss das sehr, beobachtete ihn, nahm seinen Schmerz in mich auf und machte mir selbst zwei Klammern an die Brustwarzen. Ich schaut ihm tief in die Augen und er hielt dem Blick stand. Ich nahm die kleine Gummipeitsche und ließ die Klammern tanzen, das laute Schreien würde ich ihm noch abgewöhnen müssen, denn wer reagiert noch auf wirkliche Qualen wenn man(n) schon beim kleinsten Wehwehchen schreit. Für den Anfang war es genug, wir mussten uns ja erst kennenlernen, erfahren wie weit es für ihn okay war und mir war es lieber vorsichtig heranzugehen als ihn zu verschrecken. Kann falsch sein, war mir aber egal, ich musste in den Spiegel sehen können!

Nach und nach löste ich die Klammern, bis auch die Zunge befreit war. Ich küsste ihn, streichelte sein Gesicht und löste seine Hände vom Haken. Plötzlich griff er nach meinen Handgelenken, dreht sie blitzschnell um und nahm meine Hände nach oben.

»Jetzt möchte Dir Dein Mädchen zeigen was es schon alles gelernt hat, also halt schön still«.

Er nahm eine Klammer nach der anderen und positioniert sie an mir. Ich genoss die kneifenden Schmerzen und ließ auch die Zungenklammer über mich ergehen. Dann nahm er einen Rohrstock, der in der Ecke stand und zog ihn erst sacht und dann etwas fester über meine Hintern. Was war es lange her, dass ich diesen geilen Schmerz genossen hatte, aber noch konnte ich nicht loslassen, ließ ihn nur für kurze Zeit gewähren. Dann drehte ich den Spieß wieder um und befahl ihm:

»Und nun darfst Du mich ficken, weil Du so gelehrig warst.«

Ich drückte ihm ein Kondom in die Hand. Das ließ er sich natürlich nicht zweimal sagen und vögelte mich, dass mir Hören und Sehen verging.

»Wehe Du spritzt einfach so ab, ich überlege gerade, ob Du nicht lieber auf den Boden spritzen und es dann auflecken solltest.«

Ich ließ noch ein paar Stöße zu und sagte dann, »Ja ich glaube das ist eine sehr gute Idee«, und stieß ihn von mir weg.

Während er sich zum Höhepunkt wichste, lag ich neben ihm, beobachtet ihn und macht es mir dabei selbst. Plötzlich, kurz bevor ich kommen konnte, zog er meine Hand mit den Worten »Du darfst nicht kommen, Du hast mir gesagt ich soll Dich davon abhalten« weg. Es macht mich wahnsinnig, vor allem weil er es immer wieder tat und wir uns so langsam hochschaukelten, bis erst ich und dann er kam.

Ich drückte ihn hinunter und er leckte brav sein Sperma vom Boden auf, wie ich es ihm befohlen hatte, wie gelehrig er doch war! Als er aus der Dusche kam, kuscheln wir uns aneinander, er war warm und weich und ich genoss seine Nähe sehr.

Wir trafen uns fortan regelmäßig, schwelgten bei Lachs und Kaviar, Austern und Pralinees. Wenn es im Club nicht möglich war, trafen wir uns in Swingerclubs und genossen den dort dargebotenen Service mit Sauna und Whirlpool. Wir konnten stundenlang über alles Mögliche reden, lachen und philosophieren. Ich ließ mir einiges einfallen um Löckchen Abwechslung zu verschaffen, einmal musste er sich vor meinen Augen die Nägel lackieren und damit nach Hause fahren. Natürlich hatte er keinen Nagellackentferner da und musste ihn in einer Drogerie kaufen. Ich wäre so gern Mäuschen gewesen, bei dem Blick, den die Kassiererin gehabt haben musste.

Sobald wir uns zum Tanzen verabredeten, musste er unter seiner Hose Strumpfhosen oder seinen Strapsgürtel mit den Halterlosen tragen. Dabei genoss ich es sehr ihn mit anderen Frauen tanzen zu sehen, in der Gewissheit, was er darunter trug. Seine Blicke hielten mich dabei die ganze Zeit fest, teils betreten, teils lüstern. An solchen Abenden hatten wir keinen Sex, mir genügte das Kopfkino und er, er trieb sich zusätzlich noch allein in Swingerclubs herum und reagierte sich wohl dort dann ab. Ich konnte und wollte nichts dagegen unternehmen, Verbote zogen nur Heimlichkeit nach sich. Nur eins bat ich mir aus, bevor wir uns trafen, musste er für 24 Stunden keusch gewesen sein, das war meine einzige Bedingung!

So gingen die Wochen ins Land, wir schrieben uns viel und trafen uns wenigstens 1-2 mal pro Woche, zum Tanzen und miteinander spielen. Mein Herzchen war ihm inzwischen sehr zugetan und auch an ihm ging das alles nicht spurlos vorbei. Allerdings waren die Auswirkungen bei ihm skurriler, denn er ging immer öfter in Swingerclubs, ohne mich. Wir unterhielten uns viel darüber, dass seine Art der Verarbeitung schon sehr an Sexsucht grenzte, allerdings begründete er das alles mit fehlender Anerkennung, die ihm als Student zu wenig zukam. Meine Anerkennung schien ihm nicht auszureichen.

Aber er ließ sich immer mehr fallen, vertraute mir immer mehr und schreckte aber immer noch vor Nadeln zurück. Ich hatte inzwischen meine eigenen Erfahrungen damit gemacht, war es doch beinahe harmlos und hinterließ keine Spuren. Wer hatte sich als Kind nicht einmal eine dünne Stecknadel unter die oberste Hautschicht der Fingerkuppe gesteckt. Und so zog ich eines Abends blank und drohte ihm damit eine Nadel quer durch die Kuppe seiner Eichel zu stecken. Er traute mir inzwischen wohl so ziemlich alles zu und wehrte sich nach Leibeskräften, sodass die Nadel versehentlich einen Kratzer auf seiner Kuppe hinterließ, die auch sogleich zu bluten anfing. Trotz oder wegen dieser für ihn scheinbar bedrohlichen Situation, sagte er sein Codewort nicht. Ich brach aber dennoch ab, da ich merkte, dass er sehr verunsichert und beinahe panisch war. Aber es zeigte mir dennoch, dass er mir vertraute.

Ein anderes mal verabredeten wir uns wieder in einem Swingerclub, er hatte wie immer den Auftrag eine Feinstrumpfhose darunter zu tragen, was ihn schon im Vorfeld ganz furchtbar erregte. Kaum eingetroffen zog ich ihn auch sogleich in die Dusche, denn er hatte den Auftrag seit den Morgenstunden nicht aufs WC zu gehen. Da stand er also vor mir, nackt bis auf die Feinstrumpfhose bekleidet:

»Jetzt darfst Du pissen und wehe Du rührst Dich von der Stelle«.

Er sah mich begierig an, und ich wusste, wie gern er mich berührt hätte. Es dauerte eine Weile bis er loslassen konnte und das gelbe Nass sich in die Strumpfhose ergoss, welch geiler Anblick.

»Nun darfst Du mich einseifen«, erlaubte ich ihm.

Er massierte mir auch sogleich das Duschgel auf die Haut und achtete darauf auch keine Stelle auszulassen. Als wir beide erfrischt und wieder bekleidet aus der Dusche traten, fehlte nun nur noch die innere Erfrischung und so bestellten wir uns den obligatorischen Prosecco. Einen kurzen Plausch später lagen wir auch schon wieder auf der Matte, leckten, liebkosten und vögelten uns. Er war sehr fordernd und nahm sich einfach das, was er wollte.

»Löckchen ich habe heute eine Überraschung mit Dir vor. Aber erst sag mir, wann Du das letzte mal ohne mich im Swingerclub warst, fragte ich ihn.

»Vor zwei Tagen, es ging nicht anders, weil ich mich nach unserem Tanz abreagieren musste«, stammelte er betreten.

Ich runzelte die Stirn und schüttelte den Kopf.

»Wehe wehe wehe, wenn ich auf das Ende sehe«, zitierte ich Wilhelm Busch. Dann bedeutete ich ihm, in den Raum mit dem Whirlpool zu gehen und sich dort auszuziehen, nahm meine Tasche und folgte ihm. Dort angekommen packte ich vor seinen Augen eine Rolle Frischhaltefolie, ein großes Messer und eine OP-Schere aus. Er stand wie hypnotisiert da und konnte den Blick nicht von den Utensilien lassen.

»Schau mich an«, befahl ich ihm und sah blanke Panik in seinen Augen.

»Vertraust Du mir?«

Er nickte.

»Dann schließe jetzt Deine Augen, leg Deine Arme fest an Deinen Körper und steh ganz still.«

Er schüttelte den Kopf.

»Darf ich die Augen aufbehalten, bitte? Ich möchte sehen was Du machst«, bat er fast unhörbar.

»Aber Löckchen, das macht es doch nicht besser und dann wehrst Du Dich bloß wieder und es passiert ein Unglück.«

Wieder schüttelte er den Kopf.

»Ich versprechs, ich bin ganz tapfer, ehrlich.«

Ich nahm die Frischhaltefolie und wickelte sie fest um seinen Körper. In mehreren Bahnen rollte ich ihn ein und vergaß keine Stelle. Auch den Kopf vergaß ich nicht, ließ nur seine Augen und die Nase frei, so, dass er noch sehen und atmen konnte. Löckchen hielt ganz still und spürte in sich hinein, denn nun überkam auch ihn ein Gefühl von Geborgenheit. Ich bewunderte eine Weile mein Werk und nahm dann das Messer. Genau in diesem Moment riss er seine Augen weit auf und versuchte sich zu befreien.

»Hattest Du nicht gesagt, dass Du ganz tapfer sein wolltest?«

Er schüttelte heftig den Kopf und ich merkte, wie er anfing zu hyperventilieren. Nun wehrte er sich beinahe panisch, versuchte zu schreien und irgendetwas zu sagen. Ich zog die Folie von seinem Mund herunter und er stieß hervor:

»Jesus! Jesus! Jesus!«

Sein Codewort.

Ich hatte es also geschafft ihn an seine Grenzen zu bringen. Schade eigentlich genau in dieser Situation, aber vereinbart ist vereinbart und so steckte ich das Messer schleunigst weg. Als Nächstes wickelte ich die Folie von seinem Kopf herunter und nahm ihn fest in die Arme. Er schluchzte, aber er beruhigte sich dann sofort. Als seine Spannung merklich nachgelassen hatte, fragte ich ihn:

»Ist wieder gut? Möchtest Du die Folie dran lassen oder soll sie auch ganz ab?«

Er schüttelte beschämt den Kopf.

»Ich hatte nur Angst wegen des Messers, aber das ist ja jetzt weg.«

Also ließ ich ihn in der Folie und bedeutete ihm, in den inzwischen gefüllten Whirlpool zu steigen. Mit einiger Anstrengung schaffte er das auch und suhlte sich im wohlig warmen Wasser. Die Folie zog sich dadurch noch enger an seinen Körper und so konnte ich jeden Muskel erfühlen und seinen Körper liebkosten. Sein Schwanz wollte sich auch sogleich aufrichten, konnte es aber nicht. So wurde die eben noch genossene Enge zur Qual. Für dieses mal war es aber genug und so nahm ich die OP-Schere und befreite ihn aus seiner Hülle. Sogleich fiel er auch über mich her und wir vögelten uns den Verstand raus.

Ich liebe Deine Leichtigkeit,

Deine Unbefangenheit und Neugier,

Deine Geilheit durch meine zu zügeln,

die Kontrolle zu erlangen. Oder doch nicht?

Kämpfst mit Deiner Sorge

aufzugehen, ganz tief in mir.

Deine Wünsche durch meine zu erfüllen,

beginnst mir zu vertrauen, oder doch nicht?

Nach diesem Ereignis war es nicht mehr so, wie es vorher war. Das Löckchen hatte plötzlich weniger Zeit. Und kurz bevor wir uns das nächste mal treffen wollten, bekam ich die Nachricht, dass es ihm leidtäte, aber er können nicht garantieren die 24 Stunden Keuschheit einzuhalten. Die einzige Bedingung, die ich je gestellt hatte! Er würde so unter Druck stehen, dass er unbedingt am Abend vorher in einem Swingerclub herumvögeln musste.

»Dann habe ich auf Dich keine Lust, Löckchen.«

Es widerte mich regelrecht an, wie konnte man so sexbesessen sein und nicht einmal 24 Stunden vorher den Schwanz bei sich behalten? Was war nur los mit ihm?

Ich versuchte dahinter zu kommen, bat ihn um ein neutrales Treffen, aber er wehrte mit der Begründung zu wenig Zeit zu haben ab. Ich bettelte nicht, ich wartete auf sein Entgegenkommen, aber es kam nicht.

Wir sahen uns dann nur noch zum Tanzen, zufällig und eines schönen Tages beichtete er mir dann, das er sich quasi vor mir geschützt hätte, da ich ihm im wahrsten Sinne des Wortes unter die Haut gegangen war. Er konnte und wollte nicht weiter gehen. Es war zuviel Kontrollverlust für ihn und er bekam es mit der Angst zu tun. War ich zu weit gegangen? Ich akzeptierte das, schweren Herzens!

Kapitel 6

»Hallo Siri, es ist völlig verrückt, denn ich bin für fünf Tage mit meinen Arbeitskollegen nach Süd Afrika gereist. Aber das ist es nicht, was verrückt ist und mich wuschig macht, denn gestern hat sich ergeben, dass ich am Mittwoch in Berlin bin. Nun muss ich sehr oft an dich denken und an unser letztes Treffen. Lust mich zu sehen? Johann«

Ich starrte mein Handy an, das gerade diese SMS an mich übermittelt hatte. Und schon vibrierte es wieder:

»Ich bin dir mehrfach im Traum begegnet und das nicht nur im SM Bereich meiner Träume! Ich will dich alleine sehr! Wann können wir telefonieren?«

Johann? Wie lange war das her? Über ein Jahr bestimmt und da hatten wir auch nur an einem Abend unsere längst vergangene Beziehung kurz wieder aufgewärmt und nun kamen solche Nachrichten? Was war denn in den gefahren? Ich antwortete kurz:

»Meld mich nachher in Ruhe, bin grad mit Freunden brunchen«, steckte das Handy tief in meine Tasche und widmete mich wieder dem Gespräch am Tisch mit meinen Freunden.

Auf dem nach Hause Weg piepte es schon wieder:

»Bin noch in Süd Afrika und von 14 bis 18 Uhr nicht zu erreichen schreib doch eine SMS, dann klingel ich durch! Freue mich schon mal wieder deine Stimme zu hören. Ich denke du brauchst einen richtigen Dom, einen mit Herz, Verstand und harter Hand, keine Abziehbildchen oder Löckchen, sonst wirst du nie das Glück finden was du in deiner Hingabe suchst.«

Ich war verwirrt, woher wusste er von Löckchen? Ich antwortete zögernd:

»Ist das nicht ein wenig teuer? Aber wenn du meinst ;-) ich hab gleich Zeit.«

»Du bist mir das jederzeit wert!«, antwortete er kurz und knapp.

»Bist Du noch Single?«, fragte er als Nächstes und ob ich mir nicht etwas anderes wünschen würde.

»Tscha leider bekommt man selten was man sich wünscht, aber es gibt immer Alternativen und meist gar keine schlechten. Bin wieder zu Hause, also wenn Du magst ruf an.«

Es klingelte. Seine Stimme klang warm und tief und sehr vertraut. Er erkundigte sich, wie es mir ginge und was ich gerade so treiben würde. Auch fing er an, in alten Erinnerungen zu schwelgen. Er klang beinahe euphorisch, berichtete mir, dass er wohl seit Langem endlich mal Zeit hatte über sich und sein Leben nach zu denken. Es sei alles sehr stressig und er wäre kurz vor einem Burn-out, müsse sich also gerade umorientieren, um nicht kaputt zu gehen. Außerdem würde ich ihm seit Jahren nicht aus dem Kopf gehen und er könne sich vorstellen, sein Leben komplett zu ändern, sich einen Job in meiner Nähe zu suchen und mit mir dieses mal eine wirkliche und echte Beziehung, natürlich im SM-Kontext, aufzubauen.

Ich war platt und konnte darauf eigentlich nichts richtig antworten. Aber er wollte auch noch gar keine Antwort, er wollte mir eigentlich nur mitteilen, dass ich darüber nachdenken soll und er demnächst in Berlin sei um mit mir darüber persönlich zu reden. Und schon legte er auf. Ich saß da wie bedeppert und starrte aus dem Fenster. Was war das denn eben?

»Ein herzliches Dankeschön für das schöne Telefonat und ich werde dich nächste Woche treffen....LG Johann«

Meldete mein Handy schon wieder. Es war schon irre, was heutzutage möglich war.

»Und das über den halben Erdball.. wie abgefahren!«

Antwortete ich deshalb. Dann überließ er mich meinen Gedanken, die völlig chaotisch in meinem Kopf Kreise drehten. Was tat dieser Mann da gerade mit mir? Warum gerade jetzt, nach all den Jahren?

Wir waren uns vor über drei Jahren begegnet, nein falsch mein guter Freund Barney hatte uns verkuppelt. Es war eine kurze aber dennoch sehr intensive Erfahrung gewesen, die leider abrupt durch seinen Umzug nach Süddeutschland beendet wurde. Einen kurzen Moment hatte ich damals darüber nachgedacht mitzuziehen, aber die Beziehung war zu kurz und mein Job, meine Wohnung und nicht zuletzt mein schulpflichtiger Sohn hatten mich davon abgehalten.

Das Letzte mal als wir uns überraschend sahen, war ein Kurzbesuch von ihm in Berlin. Wir waren gemeinsam essen und waren danach natürlich in Wendys Wohnzimmer gelandet. Und nun fiel mir auch wieder ein, dass er von damals von Löckchen wusste. Denn wir haben zwar ganz wunderbar miteinander gespielt, dass uns sogar ein zuschauendes Pärchen darauf ansprachen:

»Ihr seit ja wirklich toll auf einander eingespielt, ihr seit bestimmt schon ewig zusammen?!«

Wir ließen sie in dem Glauben. Aber ich erinnerte mich auch noch gut daran, dass es mir ziemlich unangenehm war, als er mich mit nacktem Hintern an der Bar herumzeigen wollte. Schließlich war ich in den letzten Jahren nur noch mit Mädels oder mit meinem Löckchen in der Öffentlichkeit aufgetaucht. Hatte also immer als aktiver Part gespielt. Nun selbst wieder und dann noch so öffentlich gedemütigt zu werden, war für mich eine echte Überwindung. Das hatte ich ihm damals auch geschrieben.

Ich war sehr durcheinander, wollte ich mich wirklich noch einmal auf ihn einlassen, so wirklich und richtig und ganz?

Mit diesen Gedanken schlief ich ein. Als ich am nächsten Morgen erwachte und auf mein Handy sah, war schon eine neue SMS da:

»Liebe Siri, ja ich weiß du hast schon auf diese SMS gewartet, aber dennoch muss ich Dir die Frage stellen warum ich derjenige bin der deine Seele berühren kann. Sag mir das bitte! Liebste Grüße aus SA Johann PS. Ich habe ein Zimmer für Mittwoch und Donnerstag in Berlin gebucht, aber das ist nicht wichtig, denn ich habe auch ein Zimmer in meinem Herzen für Dich!«

Ja er hatte mich schon wieder in seinem Bann, und eigentlich wollte ich mich auch dagegen gar nicht wehren.

»*schmunzel* genau DAS ist es was Dich ausmacht- nicht nur was Du sagst, sondern WIE Du es sagst! Das berührt, mich jedenfalls. Ich weiß nur nicht ob das alles grad so gut ist.. bin seit gestern in einem ziemlichen Gefühlschaos und das macht mir ehrlich gesagt Angst! Ich hoffe Du weißt was Du tust?!«

Auf eine Antwort musste ich nicht lange warten:

»Kleine, du solltest keine Angst vor mir haben sondern vielmehr davor, dass dir in 10 oder 15 Jahren aufgeht, dass du an deinem Leben vorbei gelebt hast. Ich habe das gleiche Problem! Hier könnten wir uns intellektuell sehr gut finden und austauschen! Sexuell weiß ich sehr wohl für dich die Gratwanderung zu gehen, die du dir wünschst. Als Sklavin kannst du deine Hingabe nur für einen Mann ausleben, was dieser HERR dann mit und aus dir macht kribbelt tief unter deiner Haut und bewegt dein Herz und deine Seele. Du bist völlig verzweifelt, dass du diesen Mann noch nicht gefunden hast. Aber das was du gerade machst, auf mehreren Hochzeiten tanzen, führt dich nur irgendwann in einen großen Frustrationsprozess. Warum deine Gefühle gerade verrückt spielen kann ich dir sagen, du bist jetzt bereit, das zuzulassen was du schon immer wolltest: eine für alle sichtbare stolze Sklavin für deinen HERRN zu sein!«

Das alles war harter Tobak. Natürlich waren es meine tiefsten Wünsche, aber wie konnte er die so zielsicher orten? Ich war sehr durcheinander.

»Hör auf in meinen Kopf hinein zugucken! Das macht mir Angst und lässt mich grad verzweifeln! Sag mir lieber wann ich morgen wo sein soll, meine Treffen mit dem Löckchen sind Vergangenheit, ich bin frei für Dich! Ich freu mich darauf Dich zu spüren und Dir nah zu sein und diese Gespräche real fortzuführen!«

»Liebe Siri, keine Panik und warum macht dir das Angst, dass ich in deinen Kopf schaue oder sagen wir besser deine Seele berühre. Ich denke ich habe morgen so gegen 21 Uhr Zeit und bin im Hotel am Kurfürstendamm untergebracht. Bin jetzt beim Boarding, lande in FFM um 5.30 Uhr und fahre über Bo nach B und seile mich bei Zeiten vom Empfang ab. Sei geküßt Johann«

»Ich glaube es ist, weil Du siehst wie ich wirklich bin, tief in mir und Du das auch aussprichst. Das gelingt nicht wirklich vielen! Aber genau das macht Angst.«

»Lass uns morgen in Ruhe darüber reden, ich erklär Dir alles. Kuss Johann«

Wir hatten uns die ganze Woche geschrieben, sehr innige und ehrliche Nachrichten. Es war unglaublich, denn ich hatte das Gefühl bei ihm die sein zu können, die ich war. Der Zeitpunkt seiner Ankunft nahte dann auch schnell heran, ich fuhr nach der Arbeit zu seinem Hotel und wir gingen in das daneben liegende Restaurant. Es war schön, ihn wieder zu sehen. Er sah umwerfend gut aus und strahlte über das ganze Gesicht, aber man sah ihm die Erschöpfung, die er beschrieben hatte, auch deutlich an. Wir unterhielten uns sofort ganz hervorragend und plauderten über Südafrika, sein Leben und natürlich auch über meins. Wir tranken trockenen Rotwein und aßen irgendetwas, woran ich mich nicht mehr erinnern kann, weil ich so sehr in seinem Bann war. Er hatte anscheinend schon unsere gemeinsame Zukunft geplant und malte sie mir nun in den buntesten Farben aus. Zunächst wollte er sich eine kleine Wohnung in Berlin nehmen, damit wir uns regelmäßig sehen und uns wieder richtig kennenlernen könnten. Langfristig wollte er sich einen Job in Berlin und Umgebung suchen und dann zu mir ziehen, damit wir mit meinem Sohn zusammen eine

76

richtige Familie wären. Er hätte genug vom Dorfleben und wollte endlich wieder die Freiheiten der Großstadt erleben – Kunst, Kultur, aber auch Partys und vor allem SM. Auch gestand er mir, dass er vorübergehend eine kleine Russin beherbergt hatte, die aber demnächst ausziehen würde, er aber brauchte eine richtige Frau, abgesehen davon war allein leben noch nie sein Ding. Ich hing ihm an den Lippen, denn er sagte genau die Dinge die Frauen gerne hören wollen und hielt mir zum krönenden Abschluss auch noch ein Stückchen Kuchen hin. Ich wollte zur Gabel greifen, aber er bedeutete mir, die Hände auf den Rücken zu nehmen.

»Ich möchte einfach nur mal sehen, ob Du mir auch aus der Hand frist«.

Waren seine Worte und er lächelte verschmitzt.

Danach gingen wir auf sein Zimmer, er hatte schon eine Flasche Rotwein geordert und befahl mir mich auszuziehen.

»Bitte überleg Dir nun ganz genau, was Du antwortest, denn es wird das letzte mal sein, dass ich Dir das anbiete.«

Richtete er das Wort an mich, ich schluckte.

»Du darfst Dir jetzt als Vertrauensbildende Maßnahme etwas von mir wünschen, was so völlig undomig ist und auch nie wieder passieren wird. Egal was es ist, ob Du geleckt werden willst oder Dich auf mein Gesicht setzen möchtest, ich werde es dieses eine mal tun.«

Ich überlegte was ich damit anfangen sollte und wusste noch nicht, dass er das bereits für mich entschieden hatte. Er nahm mich in den Arm, küsste mich tief und innig und schaute mich an.

»Kleine, wir haben die besten 10-15 Jahre unseres Lebens vor uns und ich freue mich schon sehr darauf.«

Dieser Kuss sollte für sehr lange Zeit der Letzte gewesen sein.

Am nächsten Morgen fuhr ich nach Hause, hatte ich doch zum Glück meinen freien Tag. Ich war völlig durcheinander, war doch all das, was er gesagt hatte, genau das, was ich wollte. Aber er ließ mir keine Zeit, meine Gedanken weiter zu sortieren. Noch nicht ganz angekommen, bekam ich auch schon die ersten Anweisungen, denn für ihn stand fest, dass ich ihm von nun an gehorchen würde.

»Bitte beschreibe mir, wie weit Du in einer SM-Beziehung gehen würdest. Schreib mir alles auf was Dir dazu einfällt.«

Ich überlegte, ob ich ihm wirklich eine meiner Geschichten schicken konnte, was hatte ich zu verlieren? Natürlich wollte ich ihn auch schockieren, sollte er ruhig sehen was in meinem Kopf vor sich ging und wozu ich bereit war. Auch er sollte vorsichtig sein, mit dem, was er sich wünschte, es könnte nämlich durchaus in Erfüllung gehen und drückte auf Senden.

***

Da stand sie nicht weit entfernt von ihm, formvollendet, so wie er sie erschaffen hatte, wie er sich immer seine Traumfrau vorgestellt hatte, sie war Versuchung pur. Alle Blicke waren auf sie gerichtet und jeder der sie ansah, würde sie so schnell nicht wieder vergessen und das machte ihn unendlich stolz. Das feine Stahlhalsband das sie immer trug, zeigte sehr genau, dass sie vergeben war, und auf der Rückseite war eingraviert, dass sie seine geile Sau war. Es war eine schöne Zeremonie gewesen als er sie sich zu eigen machte. Sie hatte es sich nicht leicht gemacht, weil sie Angst hatte, dass ihre Erwartungen nicht den seinen entsprachen. Sie fragte sich, ob er sie auch wirklich mit Haut und Haaren wollte, aber sie hatte die Wahl gehabt - dieses eine mal noch!

Ein Kerl, der es wohl ganz besonders auf sie abgesehen hatte, näherte sich ihr immer mehr, erst wie zufällig dann blieb er direkt neben ihr stehen. Sie tat, als sähe sie ihn nicht, beschäftigte sich mit dem Inhalt ihres Glases, das ihr der Barkeeper gerade hingestellt hatte, denn sie hatte den Befehl sich nicht zu rühren. Der Kerl hatte wohl nicht den Mut sie anzusprechen und ging zögernd weiter. Als er an ihm vorbeikam, hielt er ihn am Arm sacht fest und fragte:

»Willst Du sie?«

Der Kerl sah ihn erstaunt an und nickte leicht.

»Gut dann nimm sie Dir, mach mit ihr was Du willst, aber ich werde Dich ganz genau dabei beobachten.«

Das Erstaunen in seinem Gesicht wurde noch größer,

»... aber«, brachte er nur heraus.

»Nichts aber, geh zu ihr und leg ihr 50 Cent neben das Glas und wenn sie fragt warum so wenig, dann sag ihr, mehr wäre sie ja eh nicht wert«.

Es kribbelte in seinem Nacken, bei dem Gedanken an die bevorstehenden Minuten und er hoffte, sie würde ihn wie immer nicht enttäuschen.

Der Kerl tat, wie er es ihm gesagt hatte und schon schaute sie in seine Richtung und er erkannte ein kleines Blitzen von Wut in ihrem Blick. Sicher, das mit den 50 Cent war nicht nett, aber es war so schön eklig fies, dass er sich nicht zurückhalten konnte. Und schon hob sie wieder ihr Kinn und schaute fast von oben herab zu dem Kerl hin, der sie in Richtung Liegefläche zog. Sie hatte inzwischen eine traumhaft schmale Taille, die zusätzlich durch das kleine, fast ständig getragene Unterbrustkorsett betont wurde. Doch sie hatte auch extra für ihn abgenommen, sodass ihr praller Hintern noch mehr zur Geltung kam. Natürlich auch ihre riesigen Silikonbrüste, die ihn eine schöne Stange Geld gekostet hatten, aber die das mehr als wert waren. Ihre blonden langen Haare trug sie heute offen, so wie er es mochte, dass sie ihr wirklich hübsches Gesicht umrahmten. Daran würde er nichts verändern, sie sollte wenigstens dort ihre Natürlichkeit behalten, denn zu gerne beobachtete er ihre Gestik und Mimik wenn sie genommen und gequält wurde.

ja er hatte da etwas Wunderbares geschaffen, was ganz allein ihm gehörte und was ihn hoffentlich den Rest seines Lebens begleiten würde. Er sorgte gut für sie, er schlug sie, wenn sie es verdient hatte, ließ sie von anderen vögeln und manchmal durfte sie sogar an seiner Seite schlafen. Er war sehr großzügig, sie durfte ihr Leben selbst gestalten, auch wenn sie ihn darüber unterrichten und bei größeren Veränderungen natürlich sein Einverständnis einholen musste. Aber sie war dankbar für jede Minute, die er ihr opferte und ließ ihn das auch spüren. Niemals nörgelte sie oder beschwerte sich über zu wenig Zuwendung, sie war ihm einfach hörig ergeben. Auf die Idee, sich allein mit anderen Männern zu treffen, würde sie sowieso nie im Leben kommen. Diese Ansage war sehr eindeutig von ihm formuliert worden. Aber verleihen könnte er sein Spielzeug mal wieder, überlegte er, nur musste er immer Angst haben, dass was kaputt geht, die Leute sind so unachtsam mit anderer Leute Eigentum.

Der Kerl bedeutet ihr inzwischen sich auf den Rücken zu legen und die Beine zu spreizen und sie tat es wie befohlen. Sie tat immer das, was ihr gesagt wurde - auch wenn sie ab und an hinterher ihrem Unmut freien Lauf ließ, was ihr nur selten gut bekam. Aber sie tat es und es machte sie geil es zu tun, weil ER es so wollte. Das hatte er ihr beigebracht – Gehorsam ohne Wenn und Aber! Nun hielt der Kerl doch etwas inne, denn er war diesen, ihm sich jetzt darbietenden, Anblick wohl wirklich nicht gewohnt. Die Fotze, die da vor ihm lag, war wunderschön aufgepolstert worden, sodass die drei dicken Ringe, die zusätzlich sein Siegel trugen, richtig schön zur Geltung kamen. Dieser kleine Eingriff war eine seiner Delikatessen, anfangs wiederholte er es mit Kochsalzlösung, aber irgendwann wollte er dauerhaft diese dicken äußeren Schamlippen an ihr sehen und überließ das dann auch dem Schönheitschirurgen, er mochte endgültiges.

Der Kerl fing nun an, an ihr herum zu fingern, aber so vorsichtig das er doch wieder eingreifen musste und ihm zurief:

»Los besorgs der kleinen Schlampe richtig, die steht auf ganze Kerle und Hände«.

Hach, was machte ihm das alles hier Spaß und er musste ja auch darauf achten, dass sie noch ausreichend gedehnt wurde, schließlich sollte sie bei seinem nächsten Herrenabend als Weinflaschenhalter dienen. Nun gab sich der Kerl doch etwas Mühe und ließ erst vier dann fünf Finger und dann seine ganze Hand in ihrer durch Gleitgel sehr nassen Fotze verschwinden. Ihr Gesicht dabei war göttlich, sie war so schön in ihrem Leid!

Ein anderer Typ näherte sich ihr, aber er hatte gleich begriffen, wen er zu fragen hatte und schaute abwartend in seine Richtung. Er nickt ihm auffordernd zu und der Typ näherte sich ihren prallen Titten, aus deren Nippeln eine weiße Flüssigkeit trat. Seine Uhr zeigte, noch eine halbe Stunde, dann würde sie wieder gemolken werden müssen. Er liebte diesen Vorgang, er hatte so etwas Animalisches und die Milch die nun schon seit Monaten, dank der ihr verabreichten Medikamente, aus ihren Eutern quoll, war hervorragend für seinen Milchkaffee geeignet. Das war auch der Grund, warum er sie nicht beringen ließ, vielleicht später einmal, aber momentan waren diese Nippel für anderes bestimmt. Der Typ setzte sich rittlings auf sie und steckte seinen Schwanz zwischen ihre Brüste, so war auch gewährleistet, dass sie nicht am anderen Ende der Liegefläche herunterglitt, denn die stoßenden Bewegungen des Kerls hatte sie schon sehr nahe an deren Rand gebracht.

Nun ging er zu ihr hin und befahl ihr seinen inzwischen sehr hart gewordenen Schwanz aus der Hose zu nehmen und zu massieren, er hatte sich nicht ausgezogen, warum auch. Sie hatte sich inzwischen so von ihren Gefühlen mitreißen lassen, dass sie ihn gar nicht hörte. Er gab ihr eine schallende Backpfeife, sodass sie wieder zu sich kam und seinen Befehl ausführte. Der Typ schaute ihn erschrocken an, ließ sich aber gar nicht aus dem Takt bringen, auch als er die Nadeln aus seiner Tasche holte und sie ihr vorsichtig in die Nippel stach, sagte er inzwischen nichts mehr. Ihr stöhnen wurde immer lauter und sie schaute ihn mit ihren großen braunen Augen fragend an und er wusste, was sie wollte, aber sie musste ihn das schon fragen, also tat er so, als ob er nichts bemerkte. Oh ja er kannte sie sehr gut und es dauerte auch nicht mehr lange und sie winselte:

»Bitte Herr, darf ich kommen, büüüüütte?«

Er liebte es, wenn sie darum bettelte einen Gefallen von ihm zu bekommen, sie war dann so herrlich klein. Ein klares und deutliches »Nein«, ließ sie einen Schmollmund machen und ihn grummelig ansehen.

Er musste sich kurz wegdrehen, damit sie sein Schmunzeln nicht sah, er fand dieses Spiel einfach zu schön. Und er wollte natürlich auch nicht ihren Kampf verpassen, wenn sie sich in den nächsten Minuten zurückhielt, um seiner Ansage nachzukommen. Der Typ auf ihr kam gerade zwischen ihren Brüsten und spritzte ihr in ihr schönes Gesicht und sie war auch nicht mehr weit davon entfernt, der Kerl tat mit seiner inzwischen zur Faust geballten Hand in ihr sein Bestes. Kurz bevor sie kam, bedeutete er dem Kerl, sofort aufzuhören und sich aus ihr zu entfernen, was dieser auch sofort erschrocken tat. Sie schimpfte, was er doch für ein Mistkerl wäre, sodass er dem Typ einen Wink gab ihr den Mund zu- und ihre Arme festzuhalten. Sie hörte erst auf sich zu winden, als er ihr mit einem Ruck die erste Nadel aus dem Nippel zog. Sie zog scharf die Luft ein und blieb wie versteinert liegen. Nach der zweiten Nadel sah er eine kleine Träne in ihrem Augenwinkel, die er ihr liebevoll wegküsste.

Fürs Erste war sie erledigt, sie brauchte eine Pause und so bedankte er sich bei den beiden Männern und nahm sie in den Arm. Er stieß mit ihr mit dem bereitgestellten Prosecco an und küsste sie innig. Wie sehr er ihr eigentlich verfallen war, durfte sie niemals erfahren, sonst drehte sie womöglich den Spieß um und war oben auf, was das Ende ihrer Beziehung bedeuten würde. Er musste dieses Nähe-Distanz-Spiel mit ihr spielen, auch wenn es mit dieser Konsequenz manchmal sehr schwer für ihn war, andererseits genoss er es tierisch. Besonders weil er über sie verfügen konnte wann und wo er wollte, er bestellte sie des Öfteren einfach nur so als lebende Wichsvorlage oder zum Blowjob zu sich oder in das Parkhaus ihrer Arbeitsstelle und schickte sie dann unberührt wieder zurück, er kannte ja ihren Tagesablauf und ihren Dienstplan. Oder aber er machte Gebrauch von ihrem Wohnungsschlüssel und überraschte sie nachts um sie zu benutzen und dann in ihrer warmen Umarmung einzuschlafen. Aber er genoss es auch sie schick auszuführen - einen Abend in einem teuren Restaurant, ein Wochenende mit viel Tanz und Wein in Paris oder auch nur ein Abstecher in die Dresdner Oper, jedoch immer mit einer kleinen fiesen Raffinesse versehen. Am meisten freute er sich auf ihren ersten gemeinsamen Urlaub, sie nackt am Strand, die Blicke der Männer würden ihm gewiss sein, denn kaum einer hatte den Mut so eine Sexbombe zu besitzen, sie war der Männertraum vieler.

Aber was regten sich andere auf, sie hatten selbst teure Hobbys, die er wiederum nicht verstand und trotzdem beneidete er sie nicht darum. Er betrachtete sie. Na ja andererseits, man konnte natürlich neidisch werden, erst recht wenn man bedachte, was man alles mit ihr anstellen konnte. Das konnten die mit den Golfschlägern nicht wirklich von ihren Spielzeugen behaupten, so dachte er voller Stolz.

Er sah auf die Uhr, es war Zeit. Dann holte er die kleine schwarze Tasche und bedeutet ihr sich hinzuknien. Wenn sie die Arme streckte, hatte er gerade genug Platz unter ihren Brüsten um die kleine Melkmaschine anzulegen, so das ihre schweren inzwischen prall gefüllten Titten noch frei baumeln konnten, es war Maßarbeit gewesen. Er schlug ihr kräftig auf ihren vollen Hintern und sah sich nach einem neuen Anwärter um und in diesem Swingerclub war wie immer Verlass aufs Publikum, das hier zwar nicht sonderlich pervers aber willig und zuverlässig war. Er beutete einem sichtlich Interessierten sie kräftig von hinten zu ficken und schob ihr währenddessen seinen

Schwanz in ihren Schlund, so das sie endlich aufhörte zu stöhnen, das hielt ja kein Mensch mehr aus. Er genoss dieses tiefe warme Gefühl das er jedes mal hatte, wenn er ihr den Schwanz in ihre Mundvotze schob, ja es war eine hervorragende Idee gewesen ihr das Gaumenzäpfchen und die Mandeln operativ entfernen zu lassen, so konnte er ihn ohne Probleme in sie hineinstoßen, ohne das sie andauernd würgen musste. Irgendwann würde er sie genau in dieser Stellung von einem Köter oder einem noch größeren Tier ficken lassen, aber das hatte Zeit und brauchte viel Vorbereitung. Diese Gedanken, das gleichmäßige Geräusch der Milchpumpe und die regelmäßigen Stöße seines Gegenübers ließen ihn davontreiben, sodass er sich nach nicht allzu langer Zeit in ihr ergoss und sich dabei mit zuckenden Bewegungen in ihren Haaren festkrallte. Dass sein Visavis inzwischen auch gekommen war, hatte er gar nicht bemerkt, auch nicht das die Pumpe aufgehört hatte, sie war auf Zeit eingestellt. Aber er war froh, dass er inzwischen so sehr abschalten konnte und das Vertrauen zwischen ihnen so groß war, dass auch er sich fallen lassen konnte.

Sie saugte begierig seinen Schwanz leer und passte auf, dass kein Tröpfchen verloren ging, schließlich war genau DAS ihre Aufgabe.

Er entfernte die Pumpe und begutachtete die kleine Menge Milch, die genau reichte, um aus seinem Kaffee einen Milchkaffee zu machen. Sie schaute ihn mit glasigen Augen an und er sah sofort, dass auch sie gekommen war. Er griff ihr an den Hals, zog sie nach oben und drückte langsam aber fest zu, so, dass sie kurzzeitig keine Luft bekam.

»So so Du kleine Hure, bist Du also gekommen ohne zu fragen!«

Sie grinste ihn kaum, dass er locker ließ, an und meinte, dass das ja nicht gegangen wäre, da sie den Mund voll gehabt hätte. Diese Frechheit weckte schlimme Dinge in seinem Kopf.

»Du wirst mir jetzt meinen Kaffee von der Bar holen und dann wirst Du Dich dort über die Lehne des Sessels legen und auf mich warten«, herrschte er sie an und ließ sie los, was nur ein Schulterzucken ihrerseits zur Folge hatte. DAS würde ihr schon noch vergehen, denn er hatte sich für heute besonders vorbereitet, sie würde ihr blaues Wunder erleben.

Als sie ihm den Kaffee, wie immer kniend, gereicht hatte und ihm nun ihren prallen Arsch präsentierte, kamen ihm Gedanken an schon erlebte Szenarien. Auch sie schlug gern zu und er beobachtete sie gern dabei, aber es waren immer nur Frauen, deren Körper und Reaktionen sie bis aufs Äußerste austestete. Sie machte dann genau das, was sie selbst gern hatte und war oft überrascht darüber, dass die Frauen so anders reagierten als sie selbst. Am liebsten mochte sie schwangere Frauen oder welche mit sehr großen Brüsten. Doch die waren nur schwer zu bekommen, so musste sie das nehmen, was gerade da war. Sehr gerne fickte sie die Frauen mit ihrem Strap-on, aber am meisten erregte es sie, wenn sie das ausführen durfte, was er ihr anwies. Und wenn sie es nicht anständig tat, wurde sie selbst ausgiebig bestraft.

So wie auch in der organisierten Vergewaltigung, die eigentlich von einem ihrer Bekannten eingefädelt wurde, aber an der er sich auch sehr rege beteiligt hatte. Er hatte sie ja schon des Öfteren mit Gewalt genommen, aber das war schon eine fantastische Szene, als sie geschunden, misshandelt und von ihm gewürgt vor ihm lag, ihn nicht erkannte und er sie fickte bis ihm Hören und Sehen verging, wie er es schon lange nicht mehr getan hatte. Hätte es keine Bilder davon gegeben, sie würde es ihm heute noch nicht glauben, so sehr war sie in ihrer eigenen Welt gewesen.

Und auch der Abend als verschiedene Männer und Frauen, die ihre Freunde waren, ihre Lieblingsschlagwerkzeuge an ihr ausprobieren durften. Sie musste die jeweilige Person erraten und welches Instrument es war, ausgenommen war nur ihr heiß geliebtes Stöckchen. Ganz und gar nicht einfach daran war, das zwei Personen die gleichen Peitschen hatten, die sie sehr genoss und bei der es ihr nicht gelang, zu erraten, wer sie gerade benutzte. Ihr Hintern sah hinterher aus wie ein Schlachtfeld, so das sie mehrere Tage nur unter Schmerzen sitzen konnte und diese kleine Sau genoss das auch noch, weil sie das immer wieder an diesen Abend erinnerte.

Es blieben mit ihr keine Wünsche offen, er konnte sich frei an ihr entfalten und genau das hatte er auch jetzt mit ihr vor. Er hatte sich erkundigt und sich nun endlich diesen verdammten Alienschwanz besorgt. Genau dieses Teil was die beiden Freunde an besagtem Abend benutzt hatten und was ihre Augen immer noch leuchten ließ. Es war nicht ganz einfach, damit umzugehen, sodass er beim Üben mehrere Kopfkissen damit misshandelt hatte, aber inzwischen war er sehr schlagsicher geworden. Ohne sie aufzuwärmen und vorzuwarnen schlug er zu, mittelschwer, aber sie bäumte sich mit einem lauten Schrei auf und drehte sich blitzschnell zu ihm um. Er konnte gerade noch rechtzeitig reagieren und die Peitsche hinter sich verstecken, sodass sie sie nicht sah.

»Umdrehen! Aber SOFORT!«, zischte er.

Sie blitze ihn wütend an, gehorchte aber. Mittlerweile hatte sich der halbe Club um sie gescharrt und beobachtete ihr treiben. Einer, der wagemutig zu nah herangekommen war, bekam sogleich die Spitze des Alienschwanzes zu spüren, als er zum zweiten Hieb ausholte. Sie war nun auf den kommenden Schmerz gefasst, hatte erraten, mit welchem Instrument er zuschlug und ließ sich treiben, ihre Schreie wurden leiser und als sie fast nichts mehr von sich gab, obwohl er immer härter zuschlug, wusste er, dass sie endlich schwebte. Nach jedem Schlag ertastete er die Striemen, die er verursacht hatte, und strich ihr den Schmerz mit der Hand weg. Erst als sie zu stöhnen anfing, hörte er auf und ging zu ihr, massierte ihre geschwollene Möse, bis sie wieder kurz davor war zu kommen. Als sie diesmal fragte, bekam sie auch sein Einverständnis.

Sie sackte glückselig in seinen Armen zusammen. Er hob sie hoch, trug sie ins Bad und zog ihr das Korsett aus. Dann stellte er sie unter die Dusche, holte seinen Schwanz heraus und spritze sie mit seinem warmen goldenen Nass ab, traf ihr zielsicher in den Mund und ließ sie schlucken, so viel sie konnte.

»Darf ich auch Herr?«, fragte sie brav und er konnte nicht widerstehen, obwohl er es sehr liebte sie bis aufs Äußerste zappeln zu lassen, aber sie sah einfach so herrlich fertig aus. Sie ließ im Stehen einen goldenen Strahl aus ihrer Möse schießen und rutschte dann mit einem Lächeln an den Fliesen herunter und blieb dort kauern, als er die Dusche aufdrehte. Danach zog er sich endlich die Hose aus, half ihr auf und legte sich mit ihr in die warme bereits gefüllte Badewanne, in der sich beide aneinander gekuschelt bei einem Glas Rotwein von den erlebten Strapazen erholten.

Für heute war es genug, sie hatten wieder viel erlebt und waren körperlich und psychisch an ihre Grenzen geraten und waren wieder einen Schritt weiter zusammen gewachsen. Aber er würde sich in den nächsten Tagen wieder viele schöne Aufgaben für sie ausdenken, sie sollte schließlich brav an ihn denken und immer schön geil sein, damit er sich an ihr abreagieren konnte, wenn ihm danach war. Vielleicht würde er ihr den Befehl geben, es sich auf dem WC auf Arbeit oder in einer Umkleidekabine selber zu machen. Auf jeden Fall aber würde er am nächsten Wochenende auch mal die Sache mit den Gewichten an ihren Votzenringen während des Tanzens ausprobieren oder er würde sie mit in diesen Perversentanztempel nehmen und sie auf der freischwingenden Schaukel festbinden, damit sie die notgeilen Typen dort während des Schaukelns aufspießen konnten. Eine schöne Idee wäre auch sie dort nur als Wichsvorlage für andere zur Verfügung zu stellen oder sie gegen Bezahlung als Hure zu präsentieren. Aber das wusste er alles noch nicht, jetzt genoss er es erst mal seine Hände durch ihren Spalt gleiten zu lassen und wie zufällig einen Finger in ihrem Poloch verschwinden zu lassen. Sie wand sich sofort wieder heraus und schaute ihn grimmig an. Doch er grinste verschmitzt, wusste er doch, dass er kriegen würde was er wollte, wenn er es denn wollte und dass er der Einzige war, der dort hineindurfte, dass sie es für ihn ertrug. Er hatte noch so viel mit ihr vor und er war auch nach diesen vielen Monaten sehr glücklich darüber sie kennengelernt zu haben und endlich seine perversen Gedanken mit ihr ausleben zu können.

***

Ich bekam keine Antwort auf diese Geschichte, wahrscheinlich war er zu schockiert, aber es folgten die nächsten Anweisungen: Ich hätte ihn ab sofort nur noch mit Herr anzusprechen, meine Fragen als Bitten zu formulieren, es mir nicht mehr ohne Erlaubnis selbst zu machen und jede außerhäusliche Aktivität anzukündigen. Des Weiteren wollte er meinen Dienstplan und alle Namen der Freunde, Bekannten und Kollegen, mit denen ich mich umgab.

Wir telefonierten fast täglich, nur unterbrochen von SMS, standen also im Dauerkontakt. Er kam fortan alle zwei bis drei Wochen für ein paar Tage nach Berlin, mal bestellte er mich in sein Hotel, mal kam er zu mir nach Hause. Bei jedem seiner Besuche wollte er aber mit mir in eine Location, in der ich mich ansonsten immer mal aufhielt, egal ob es ein Swingerclub, bei mir auf Arbeit oder Wendys Wohnzimmer war. So wollte er überall seine Spuren, sprich eine Erinnerung hinterlassen und gleich inspizieren, wo ich mich herumtrieb. Er tat also alles, um mein Vertrauen zu gewinnen, aber irgendetwas ließ mich achtsam sein. Und so konnte ich ihm in einem Punkt nicht folgsam sein – ich fragte ihn nie, ob ich es mir selbst machen durfte. Denn die Vergangenheit hatte mich gelehrt, dass mich das zu schnell den Kopf verlieren ließ. Ich wollte erst einmal alles beobachten und schauen wohin das alles führte.

Deine Kaffeetasse steht noch auf meinem Balkon, Dein Duft hat sich in meinen Kissen verkrochen, Deine Hand auf meine Haut gebrannt und Dein Ich in mein Herz. So viele Jahre musste ich auf Dich warten und nun bist Du wieder bei mir, in mir und ich freue mich auf die nächsten 10-15 Jahre mit Dir!

Danke das Du wieder da bist!

Kapitel 7

»Knie Dich hin« befahl er mir mit seiner sonoren Stimme.

»Und jetzt auf alle viere, ich brauche etwas zum Beine ablegen« in mir sträubte sich alles.

Was hatte ich mich auf diesen Abend gefreut. Endlich wieder mal mit Begleitung in diesen wunderbaren SM-Club zu gehen, der voll von Erinnerungen an einmalige Abende war. Es passte einfach alles, gemauerte Wände, Holzbalken und dezente Beleuchtung. Mit einer Untermalung unaufdringlicher Hintergrundmusik, es war eben rundum stimmig. Die meisten Besucher waren Pärchen, manche spielten, andere saßen da und schauten zu und wieder andere unterhielten sich nur. So oft war ich schon dort gewesen und genoss die Atmosphäre. Auch dieses mal grenzte es beinahe an Reizüberflutung - in einem Käfig standen zwei halb nackte Mädels, die sich streichelten, daneben wurde eine Subi von einem Dompärchen an einer Art Leiter fixiert und wieder ein Stück weiter kniete eine langhaarige Sub demütig vor ihrem Herrn und nahm Befehle in Empfang. Ich hatte mein bodenlanges Abendkleid an, Johann einen eleganten Anzug und Barney war wie immer aus dem Ei gepellt.

 Und dennoch konnte ich dieses mal nicht alles genießen. Denn mein Problem war, dass ich 2/3 der Gäste kannte und sie mich natürlich auch. Nur hatten sie mich zwar immer mal spielen sehen, nur in den letzten zwei Jahren immer nur als aktiven Part. Somit fühlte es sich an, als ob alle Blicke auf mich gerichtet waren, weil ich nun für Johann den Fußschemel spielte. Es fühlte sich falsch an. Was dachte sich dieser Kerl dabei, hier aufzutauchen und mich vor aller Öffentlichkeit zu erniedrigen. Womit hatte er sich das verdient?

»Ich kann das nicht!«, brach es erst leise und dann immer lauter aus mir heraus.

»Du bleibst da unten bis ich es sage!«, beharrte Johann.

Plötzlich ging nichts mehr und mir war es auch egal, das ich ihn nun vor Barney und allen anderen bloß stellte. Ich sprang auf und lief in die Nebenräume. Dort kauerte ich mich in eine dunkle Ecke und schluchzte in mich hinein.

Lange geschah nichts.

Dann kam Johann und setzte sich neben mich.

»Was war das denn? Was ist nur los mit Dir? Du warst doch sonst immer so hart im nehmen?!«

Und dann brach es aus mir heraus:

»Du hast bis heute nichts unternommen um irgend eines Deiner großartigen Versprechen einzuhalten. Weder das Du Dir einen neuen Job suchst, noch nach Berlin ziehst, ja sogar Dein russisches Haustier wohnt noch bei Dir. Du aber willst das ich mein komplettes Leben nach Dir richte und mich hier vor all meinen Bekannten und Freunden erniedrige?«

Er hatte tatsächlich nach nun fast vier Monaten nichts von all dem unternommen, ich hatte es bisher zu ignorieren versucht, aber tief in mir musste es gebrodelt haben und nun wollte es eben heraus.

»Kleine, was soll ich denn machen? Ich finde hier nicht so einfach einen Job, ich bin in einer Gehaltsklasse die es hier nicht all zu oft gibt. Und ich komm ja nun schon so oft wie möglich nach Berlin und versuche was ich kann. Tonja, die Du zu Recht mein russisches Haustier nennst, ist einfach ein bedauernswertes Wesen. Sie hat keine Mutter mehr und Ihr Vater hat sich auch kaum um sie gekümmert und wer soll sich um die Kleine sonst kümmern, sie ist doch grad erst Anfang zwanzig«, entschuldigte er sich.

»Aber was willst Du dann von mir, wenn es ja doch aussichtslos ist, das Du jemals hier herkommst?«, fragte ich fassungslos.

»Ich brauche einen Ausgleich, jemanden bei dem ich Kraft schöpfen kann und der mich an die Zukunft glauben lässt. Aber ich will das mit uns so sehr, also habe Geduld, bitte!«, flehte er beinahe, nahm mich in die Arme und drückte mich fest an sich.

Dann trocknete er meine Tränen und führte mich wieder in den Hauptraum. Der Abend wurde auch noch ganz gut, allerdings stand ich immer noch neben mir und musste all das Gesagte erst einmal verarbeiten. Am frühen Morgen dann verließen wir den Club. Johann wollte mich noch mit im Hotel haben und so fuhren wir dorthin.

Plötzlich kippte seine Stimmung:

»So, mein Fräulein, es ist also unter deiner Würde vor mir auf die alle Viere zu gehen.«

»Neinnein, das liegt nicht an Dir«, stammelte ich.

»Gut, ich sehe hier keinen Deiner Freunde oder Bekannten, also auf die Knie.«

Ich schaute ihn fassungslos an.

»Hier auf der Straße?«

Er drehte sich um und lief in Richtung Hotel. Ich zögerte, der Kerl hatte sie doch nicht mehr alle, mich hier in meinem Abendkleid hinter sich her kriechen zu lassen. Ich schaute mich nach allen Seiten um, niemand war zu sehen.

»Du verdammter Hurensohn«, dachte ich.

 »Nein«, sagte ich und schon blieb er stehen und drehe sich zu mir um.

»Bitte, dann fahr nach Hause.«

Ich sank auf die Knie, Tränen in den Augen und setzte mich langsam in Bewegung. Erst am Hoteleingang durfte ich wieder aufstehen, allerdings nur bis wir den Fahrstuhl wieder verließen. Ich war wütend auf ihn, wütend weil er mich so weit gebracht hatte und wütend, weil ich es zuließ. Mir taten höllisch die Knie weh und auch meine Handflächen waren wund. Kurz vor seiner Zimmertür setzte ich mich einfach hin.

»So und nun bedank Dich artig bei mir«, erwartete er.

»Vergiss es«, zischte ich ihn an.

»Gut dann bleib halt hier, ich geh jetzt ins Bett«, sprach er und schloss die Tür von innen. Hätte er nicht meine Handtasche gehabt, wäre ich gegangen, aber mich beschlich das Gefühl, dass er genau das vermutet hatte. Plötzlich ging die Tür wieder auf,

»so nun komm herein und bedank Dich für meine Aufmerksamkeit. Schließlich kannst Du nicht die ganze Nacht da draußen verbringen, was sollen denn die Leute denken.«

Das war einleuchtend. Ich saß also in der Falle. Widerwillig kroch ich also in sein Zimmer und urplötzlich war er wie ausgewechselt.

»Ja steh doch auf, was machst Du denn da auf dem Boden. Geh Dich erstmal frisch machen, ich wärm derweil schon mal das Bett an.«

Wieder aus dem Bad zurück, legte ich mich erschöpft neben ihn. ER nahm mich fest in den Arm und fing an mich überall zu streicheln. Wir gaben uns ganz unserer Lust hin und dann konnte ich es auch sagen, das kleine Wort, das ihm so viel bedeutete:

»Danke, Herr!«

Am nächsten Morgen fuhr ich dann heim, denn auf den Trödelmarkt auf den er ging, konnte ich in meinem verschmutzten Abendkleid schwerlich mitkommen.

Seine SMS fielen sehr spärlich aus danach und als ich fragte was denn los sei, kam nur:

»Du warst immer so hart im Nehmen, so mancher DOM ist daran verzweifelt und dann brichst du wegen nichts zusammen. Das muss ich erst mal verarbeiten...«

Ich ließ ihm die Zeit, denn ich fand nicht, dass der Grund »nichts« war. Es dauerte aber nicht lange und unser Kontakt wurde erneut enger, wir telefonierten wieder täglich und ich hoffte, ihm meinen Standpunkt auch klar gemacht zu haben. Die nächsten Treffen waren dann auch sehr harmonisch und es fühlte sich zunehmend besser an.

Einen ganz speziellen Fetisch hatte Johann noch. Ich hatte von Horst damals zu Weihnachten die Piercings in den kleinen Labien gestochen bekommen. Das in der Klitorisvorhaut hatte er damals vergeigt, aber ich hatte es mir ein paar Monate später, von Mikas Dom Akim, in einer wunderbaren Session neu stechen lassen. Somit ergaben meine Piercings nun ein schönes Dreiergespann, in das man hervorragend ein Schlösschen hängen konnte. Johann war sehr angetan davon und hatte also zu jedem unserer Treffen entweder ein Schlösschen, oder dann beim nächsten mal den Schlüssel dabei. Er kam mit den unterschiedlichsten Größen an und befahl sie mir aufzuheben und genau darüber Buch zu führen, denn irgendwann würde er mir so einen kleinen Setzkasten kaufen, wo die dann alle hineinkämen.

7.-11.6.	Mittleres Schloss
11.6.-6.7.	Kleines Schloss
06.07.	Langes Schloss
21.07.	Rundes Schloss
22.7.-23.7.	Großes Schloss
24.8.-27.8.	Kleines Schloss
10.9.-29.9.	Edelstahlschloss

Ich war also regelmäßig verschlossen und konnte es mir deshalb
natürlich nicht selbst machen. Meine Geilheit steigerte sich deshalb
auch zunehmend, je näher der nächste Besuch kam. Mein Vorsatz
wenigstens diesen Bereich meines Lebens für mich zu behalten, war
damit nun dahin. Auch wenn er nur wenige Tage in der Stadt war,
versah er mich mit Schlösschen, oft musste ich im Restaurant aufs WC
gehen und mich mit einem neuen Schlösschen selbst verschließen
oder es auch wieder öffnen. Allerdings ging das je nach Qualität des
Schlösschens nicht immer reibungslos und so musste das eine oder
andere mal Salatöl herhalten. Wir hatten viel Spaß dabei!

Ich bin so voll von Dir,

Gedanken der Schwere,

so viele Bedeutungen,

Träume der Zukunft.

Ich bin so voll von Dir!

Du machst Dich breit in mir,

greifst in mich hinein,

drehst mir die Gedärme herum,

pflanzt die Saat in mich.

Du machst Dich breit in mir!

Wir sind so eng verschlungen,

und doch so weit entfernt,

lernen uns grad kennen

und sind doch altvertraut.

Wir sind so eng verschlungen!

Lass mich lernen in Deinen Armen zu schlafen!

Irgendwann wollte er all meine Körpermaße, wie Hals-, Brust-, Taillen-, Arm-, Handgelenkumfang usw. Ich wunderte mich über gar nichts mehr und schickte sie ihm. Außerdem fing er immer öfter davon zu reden an, dass ich ihn irgendwann um Hausarrest bitten würde. Den Sinn des ganzen verstand ich nicht, da er ihn mir auch nicht erklärte, beließ ich es erst einmal dabei.

»Ich habe immer noch keine Bewerbung von Dir vorliegen.«

Hielt er mich auf Trapp. Also erfüllte ihm auch diesen Wunsch, allerdings war ich sehr vorsichtig in meinen Formulierungen.

Sehr geehrter gnädiger Herr,

ich möchte mich bei Dir, im Rahmen unserer derzeitigen Möglichkeiten, als Dein Spielzeug bewerben. Ziel der Bewerbung sollte sein, Dir (sofern es unsere Zeit erlaubt) ergeben zu dienen, all Deine Wünsche zu erfüllen und Dich irgendwann zu einem sehr glücklichen und stolzen Menschen zu machen. Des Weiteren wird eine Erziehung, deren Ziel es ist, Deinen Vorstellungen in jeglicher Art zu entsprechen, also die Entwicklung zu einem lustvollen und von keinerlei Hemmungen oder Schuldgefühlen beeinträchtigten Weib, das sich ihrem Herrn bedingungslos hingibt, im Vordergrund stehen.

Meine vornehmste Pflicht wird darin bestehen, mich zeitlich so einzurichten Dein Lustobjekt zu sein und durch geeignete Kleidung sowie meine gesamte Haltung eine anregende Wirkung zu erzeugen. Ich werde Dir in allen von Dir gewünschten Arrangements zu Willen sein und das erwartete Maß an Aktivität, Lust und Hingabe zeigen, welches andernfalls mittels Strafen gefördert wird. Du musst keinerlei Rücksicht auf Unpässlichkeiten oder Aversionen nehmen, ein Codewort wird es nicht geben.

Ich gelobe hiermit SM nur mit Dir auszuleben und Dich als meinen Herrn anzuerkennen, auch wenn ich selbst den dominanten Part an einer dritten Person übernehme, egal ob ich nun meinen Bi-Neigungen nachkomme oder aber nur Sex mit anderen habe. Ich gelobe weiterhin offen und ehrlich bei Nachfrage Bericht zu erstatten, wer diese Personen sind und wann ich sie treffe und überlasse Dir die Entscheidung, mir diese zuzugestehen. Natürlich werde ich Dich auch in Zukunft davon unterrichten, wann ich wo sein werde, damit Du mich jederzeit erreichen kannst. Als Vertrauensbeweis werde ich in nächster Zeit einen HIV-Test machen lassen und ihn Dir schriftlich übergeben, damit wir in Zukunft nur noch anderen gegenüber Kondome benutzen müssen.

Ich möchte, so weit es Dir möglich ist, Deinen Schutz genießen und erhoffe mir, Deine geheimsten Wünsche zu erfüllen, genauso wie ich es mir von Dir wünsche. Um eins werde ich jedoch immer wieder bitten - sei ehrlich zu mir! Egal was sich in Deinem Leben verändert, lass es mich wissen, damit ich für mich entscheiden kann, ob ich damit leben möchte.

Sollte es irgendwann die Zeit und die gegebenen Umstände mit sich bringen, würde ich mich freuen mich bei Dir als Sub bzw. Sklavin bewerben zu dürfen, mich Dir also in allen Punkten zu unterwerfen und Dich als meinen alleinigen Herrn und Partner anzuerkennen. Dies setzt allerdings voraus, dass Du Dich sowohl geistig als auch körperlich auf unsere absolute Komplexität einlassen kannst und im besten Fall Deinen Lebensmittelpunkt nach Berlin verlegst.

Sofern diese Bedingungen übereinstimmen, gelobe ich absolute Unterordnung in jeder Hinsicht und verzichte dann in diesem Zusammenhang natürlich auch auf mein sexuelles Selbstbestimmungsrecht. Ich würde selbst außerhalb der gemeinsamen Zeiten und der benannten Orte nicht mehr frei in meinen sexuellen Aktivitäten an mir selbst oder mit Dritten sein und mich zu absoluter Offenheit verpflichten.

(1) Heimlichkeiten Dir gegenüber wären ausgeschlossen und wären ein Vertrauensbruch, der zum sofortigen Ende der Beziehung führen würde.

(2) Kontakte, die meiner Entwicklung abträglich wären, könnten untersagt werden. Dies wäre insbesondere dann der Fall, wenn ich den Eindruck erwecke, mich emotional nachhaltig zu verstricken, und infolgedessen Gefahr laufe, meine Aufgabe nicht mehr erfüllen zu können.

Du hättest jederzeit das Recht meinen Körper und Geist nachhaltig zu verändern, sei es durch Piercings, Tattoos, Brandings oder auch sonstige Zeichnungen. Aber auch körperformende Veränderungen wären möglich, wie z.B. Diäten oder auch OP's (Fettabsaugung, Brustvergrößerung usw.) ich möchte DIR gefallen, äußerlich sowohl als auch innerlich! Dies beinhaltet folglich auch meine Hobbys (Tangotanzen, Selfbondage) deren Ausübung dann in Deiner Entscheidung liegen würden. Ich würde lediglich darum bitten auf meine seelische und gesundheitliche Unversehrtheit zu achten und sie zu wahren.

Ich würde mich im Gegenzug zu offener Mitteilung meines Erlebens und meiner daraus resultierenden Wünsche verpflichten, deren Erfüllung allerdings Dir überlassen wäre.

Meine Qualifikationen, für diese und jede weitere Bewerbung, sind meine Hingabe, liebevolle Aufmerksamkeit, Zuverlässigkeit, Ehrlichkeit und Freundschaft. Ich möchte für Dich da sein, Dir Halt und vielleicht irgendwann ein zu Hause geben. Ich möchte, dass Du glücklich wirst, und würde alles Erdenkliche dafür tun. Ich möchte Stolz in Deinen Augen zu sehen, Stolz auf eine Sklavin, die irgendwann DIR und nur Dir gehört! Mein allerhöchstes Glück wäre allerdings, Dich lieben zu dürfen.

Über eine zustimmende Annahme meiner Bewerbung würde ich mich sehr freuen und werde in diesem Moment den Button »Spielpartner« in der SZ anklicken. Es ist Dir überlassen dies auch zu tun.

Ich küsse Dich ehrfurchtsvoll,

Deine Siri

Plötzlich brach der Kontakt von seiner Seite ab. Ich war verstört und als er sich nach zwei Tagen wieder meldete, wirkte er gestresst. Tonja, sein russisches Haustier hatte wohl irgendetwas von mir gefunden und war ausgetickt. Ich war ziemlich perplex, was ging sie das an? Ich dachte bisher tatsächlich, dass er keine Beziehung mit ihr hatte, sondern sich einfach nur um sie kümmerte. Schließlich war sie 20 Jahre jünger als er und alles, was er bisher über sie berichtet hatte, ließ mich auch in dem Glauben. Wie töricht von mir!

Nach einiger Überlegung schrieb ich ihm folgende SMS:

»Johann, ich denke so lange Du die Verantwortung für Tonja trägst, ist es glaube ich besser das wir es bei einer ab und an mal Spielbeziehung belassen, denn wie Du selber festgestellt hast- auf vielen Hochzeiten kann man nicht tanzen. Lg und gute Nacht, Siri PS. Ich freu mich trotzdem auf Dich!«

Plötzlich klingelte das Telefon. Johann! Wir sprachen lange miteinander und er versicherte mir wieder einmal, das Tonja nur bei ihm, nicht mit ihm leben würde. Sie würde nicht annähernd an mich heranreichen, denn diese sexuelle Übereinstimmung die wir hatten, wäre von niemandem zu toppen. Und wir spielten schließlich in einer ganz anderen Liga, so versicherte er mir immer wieder, da würde doch Eifersucht keinen Platz haben. Er versuchte mich einzuwickeln, aber von Eifersucht war ich meilenweit entfernt und emotional war ich nun noch mehr auf der Hut.

Ich fragte ihn immer noch nicht, wenn ich es mir selbst machen wollte und ich unterrichtete ihn zwar über all meine Aktivitäten, aber bat ihn nie um Erlaubnis. Diese feinen Details waren für mich sehr wichtig, denn ich war nicht seine Sklavin, ja nicht einmal seine Spielpartnerin, er hatte meine Bewerbung bis heute nicht angenommen oder in der SZ bestätigt.

Ich lebte also mein Leben inzwischen beinahe wie vorher weiter, traf mich mit Freunden, ging auf Partys und auch mit Löckchen und Wilhelm Tango tanzen. Ich wusste, dass Johann das so gar nicht gefiel, aber da er nichts anderes einforderte, ignorierte ich es einfach und scherte aus.

Und dann kam sie, die Anweisung zum Hausarrest, gegen die ich mich bisher erfolgreich gewehrt hatte. Es gab eigentlich gar keinen richtigen Anlass, es war wohl einfach seine Art, sein Missfallen zu äußern. Er wollte meinem Treiben Einhalt gebieten, ich spielte das Spiel mit und versuchte folgsam zu sein. Das war kein sehr leichtes Unterfangen, denn dieses doch sehr intensive Spiel zu spielen ohne mich emotional einwickeln zu lassen, forderte mir eine enorme Kraftanstrengung ab. Aber ich wollte sehen, wo auch in dieser Richtung meine Grenzen waren. Und insgeheim war ich froh, dass er wieder seine Rolle als Herr einnahm.

Ich durfte also fortan nur noch zum Arbeiten und einkaufen das Haus verlassen, musste mich vor und nach der Arbeit vom Festnetz aus melden und durfte die ganze Zeit nicht weggehen. Wie lange der Hausarrest anhalten würde, sagte er mir natürlich nicht. Ein Problem gab es allerdings – genau in einer Woche war ein Konzert meines Lieblingsmusikers Sting in Berlin, für das ich schon seit einem halben Jahr Karten hatte. So hoffte ich inständig, dass Johann eine Ausnahme machen würde und tat alles um ihn gnädig zu stimmen. Ich ließ mich also darauf ein.

Und dann passierte etwas unglaubliches – es gefiel mir! Johann weckte mich per Telefon jeden morgen und begleitete mich so in den Tag und auch nach der Arbeit bis in den Abend hinein telefonierten wir. So intensiven Kontakt hatten wir in all den Monaten nicht und so kamen wir uns näher denn je. Und dennoch bat ich ihn immer eindringlicher mich doch zum Konzert gehen zu lassen und fühlte in mich hinein. Was würde ich machen, wenn er es nicht erlaubte? Würde ich trotzdem gehen? Wie viel war mir die Beziehung zu

Johann und wie viel waren mir die Konzertkarten wert? Ließ ich es zu aus dem Spiel Realität werden zu lassen? Der Tag rückte immer näher und ich bangte immer mehr, wollte er mich nur auf die Probe stellen? Oder zog er das Verbot tatsächlich durch?

Nach langen Überlegungen und inneren Kämpfen, überließ ich ihm die Entscheidung und schickte ihm folgende SMS:

»Gnädiger Herr, ich lege die Entscheidung in Deine Hände und werde mich fügen! Ich weiß das Du die richtige Entscheidung treffen wirst. Ergebenst Deine Siri.«

Ich glaube, er wollte nur sehen, ob ich ihm zuliebe auf das Konzert verzichten würde und wollte mich genau zu diesem Nachdenken anregen, denn einen Tag davor bekam ich die erlösende Nachricht:

»Du darfst zum Konzert ansonsten gilt weiterhin der Hausarrest! Johann«

 Er hatte also den goldenen Mittelweg gewählt. Somit konnte ich ihn und seine Gnade gebührend huldigen und sah Sting live und in Farbe, was das Konzert zusätzlich noch eindrucksvoller und unvergessener machte.

Danach waren unsere Gespräche noch inniger und das gefiel mir ausnehmend gut, auch wenn ich auf vieles verzichten musste, denn nun konnte ich mich nicht mal eben mit Freunden verabreden, tanzen gehen oder auf Partys. Ich saß fast 14 Tage nach der Arbeit zu Hause und konnte nur im Internet surfen, da ich keinen Fernseher hatte. In einem Gespräch erklärte mir Johann nun, dass es noch eine Steigerung gäbe, wenn mir der Hausarrest doch gefallen würde und wie ich es denn fände, wenn er eine vierwöchige Kommunikationssperre einrichten würde. Also genau das Gegenteil von dem was wir gerade hätten. Ich war entsetzt und erklärte ihm, dass das einer Trennung gleich käme, denn Ignoranz wäre das absolut Letzte. Ich traute ihm aber mittlerweile so ziemlich alles zu.

Allerdings hatte ich wohl auch einen falschen Eindruck vermittelt, denn sicher gefiel mir der enge Kontakt zu Johann sehr, aber nun inzwischen drei Wochen tatenlos zu Hause zu sitzen gefiel mir überhaupt nicht! Ich hatte ein ausgefülltes Leben, viele Freunde, war überall gern gesehen und genoss all das, was sich in Berlin so bot. Sicher war es genau das, was Johann in seinem eigenen Leben so fehlte, aber nur, weil er es mir nahm, bekam er es doch nicht wieder. Und so bat ich immer öfter um die Aufhebung des Hausarrests und bekam auch bald die passende fast schmollende Antwort:

»Wann ich den Hausarrest aufhebe ist meine Sache und du wirst noch darum betteln wieder Hausarrest haben zu dürfen...
Hiermit hebe ich deinen Hausarrest auf und wünsche dir ein geiles Wochenende... So Gott will sehen wir uns wieder..«

Und wie geil das Wochenende wurde. Denn da nun der Hausarrest aufgehoben war, durfte ich auch auf die Samstags-Party im Club gehen, auf die ich mich schon sehr gefreut hatte. Ich war mit Freunden verabredet und machte mich schön, denn ganz vielleicht, so hoffte ich, würde mich Johann ja überraschen.

Der Abend begann wirklich schön, die Räumlichkeiten waren wie immer beeindruckend, sie Atmosphäre sehr sinnlich, die Musik und Beleuchtung passend arrangiert. Ich hatte mich mit meiner Freundin Liese verabredet, die zeitgleich mit mir eintraf, wir hatten uns schön gemacht und waren beschwingt. Und dann stand er da, breit grinsend.

»Ist das die gebührende Begrüßung die mir zusteht?«

Ich kniete mich sogleich vor ihn, senkte mein Haupt und küsste seine Hand. Er zog mich nach oben und umarmte mich fest.

»Na, damit hast Du jetzt wohl nicht gerechnet, hmm?«

Fragte er von sich überzeugt, ich ließ ihn schmunzelnd in dem Glauben. Er gesellte sich zu uns und plauderte angeregt mit mir und Liese. Die beiden kannten sich vom Sehen und so ergaben sich einige Gesprächsthemen. Auch noch ein anderes befreundetes Pärchen, Hilke und Daniel, gesellte sich zu uns und so begann der Abend ausgelassen.

Plötzlich zog Johann mich an den Haaren in einen der hinteren Räume. Er hatte sich dort einen Strafbock ausgesucht, über den er mich auch sogleich drapierte. Dann verband er mir die Augen und fackelte auch nicht lange und bearbeitete meinen Hintern. Wir waren ja schon immer ein eingespieltes Team und so wusste Johann ganz genau, welche Schlagwerkzeuge welche Töne bei mir erzeugten. Liese und auch Hilke und Daniel hatten mich noch nie passiv spielen sehen und da sie uns neugierig gefolgt waren, beobachteten sie uns einigermaßen erschrocken. Unser Spiel näherte sich dem Höhepunkt, da sprang Liese in den Mittelpunkt und rief:

»Es ist gut, ich übernehme den Rest für sie.«

Irgendwie traute sie mir wohl nicht zu, dass mir das gefiel. Johann lachte laut auf und schob Liese wieder an den Rand. Ich ließ mich derweil treiben und genoss Johanns Berührungen und seine Schläge, die wohl dosiert und exakt positioniert waren.

Irgendwann richtete er mich auf und zog meinen Kopf in den Nacken. Ich rechnete mit einigen Ohrfeigen und bereitete mich innerlich darauf vor. Aber dann geschah etwas unglaubliches – er küsste mich! Tief und innig und nie endend wollend. Es war unser zweiter Kuss in all den Monaten und deshalb von so unschätzbarem Wert. Ich schwebte auf Wolke sieben, sodass der restliche Abend irgendwie wie Watte an mir vorbei zog. Und plötzlich fiel es mir schwer aufzupassen, auf mein Herz ...

Kapitel 8

Mein Jahresurlaub rückte immer näher und ich war gespannt wie sich unser Kontakt zu Johann während dessen gestalten würde, denn ich wollte mit meinem Sohn für zwei Wochen nach Ägypten fliegen. Ich hatte mich lange darauf gefreut. Nach unserem Kuss zog ich mich merklich zurück, ich musste mich selbst schützen und Johann merkte das sehr wohl. Auch von ihm kamen nur sporadisch Nachrichten und so flog ich los ohne ihn noch einmal gesprochen zu haben, natürlich war ich enttäuscht.

Es war schon fünf Monate her, dass er wieder so präsent an meiner Seite war, er war mit großen Versprechungen aufgetaucht, von denen er kaum eine gehalten hatte. Wir hatten eine Fernbeziehung, ein Job in Berlin war nicht in Sicht, eine Wohnung hatte er sich auch noch nicht angemietet und zu allem Übel war Tonja sein russisches Haustier, alles andere als eine Mitbewohnerin. Ich fand, da gab es noch so einigen Klärungsbedarf und solange er sich so verhielt, hatte er mein Herz nicht verdient. Ich würde mich schützen, so gut ich konnte.

Die ganzen zwei Wochen während meines Urlaubs hörte ich von Johann kein Sterbenswörtchen und ich hütete mich davor irgendetwas von mir lesen zu lassen. Der Urlaub war auch wunderschön, ich genoss die Zeit mit meinem Sohn und dieses wunderbare Land der alten Kulturen. Am Abend meiner Abreise meldete sich plötzlich mein Handy:

»Hast Du mich vermisst?«

Ich ließ ihn ein paar Stunden zappeln, dann schrieb ich:

»Oh Hallo, natürlich habe ich Dich vermisst.«

Was wollte er auch hören.

»Einen ›Oh hallo‹ kenne ich nicht ... der Urlaub scheint dir deine Manieren völlig verdorben zu haben«, bemängelte Johann auch sogleich.

»Oh ich denke für jemanden der fast 3 Wochen seinen Verantwor-
tungsbereich so sträflich vernachlässigt ist ein »oh hallo« mehr als
angemessen!«, bemängelte ich zurück.

»War das deine Kündigung? Ich wollte dir Urlaub gönnen und habe
eigentlich erwartet, dass dieser zwar schön aber dennoch einsam war!
Vielleicht wolltest du dich nach dem Urlaub auf mich konzentrieren
und die emotionale Einsamkeit dadurch überwinden in dem du mir
endlich einen lebenslangen Hausarrest vorschlägst. Wie wäre es
damit?«

Ich dachte ich hätte mich verlesen.

»Kündigung wovon? Wir hatten weder einen Vertrag, noch durfte ich
mich Dir unterwerfen, ganz abgesehen von all den anderen nicht ein-
gehaltenen Versprechungen. Ja ich habe mich sehr einsam gefühlt,
aber Ignoranz bewirkt bei mir das Gegenteil, wie ich schon einmal
sagte. Ich denke wir sollten darüber in Ruhe reden wenn ich wieder
Deutschland bin. Kuss«

War meine Antwort darauf.

»Deine Bewertung nicht meine! Wir spielen oder spielten doch in
einer anderen Liga und jetzt brauchst du einen Vertrag wie in der
Kreisklasse?«

Ich wollte so nicht weiter diskutieren und antwortete nicht mehr. Zu
Hause angekommen klingelte dann auch das Telefon Sturm und ein
sehr erboster Johann verlangte eine Erklärung, was mein Verhalten
denn sollte. Ich erklärte ihm, was in mir vorging und dass ich mich
schützen müsse, da er sich ja auch nicht voll auf mich einließ und ich
mich nicht mehr verletzten lassen würde. Die vergangenen Jahre und
auch meine Therapie hatten mich Vorsicht walten lassen.

»Kleine es tut mir leid und eigentlich wollte ich Dich damit auch gar
nicht belasten, aber meinem Vater ging es in den letzten Wochen sehr
schlecht und ich habe mich sehr um ihn gesorgt und musste mich um
ihn kümmern. Du solltest Dich aber nicht auch noch um mich sorgen
und Deinen Urlaub genießen. Bitte versteh das!«

Und schon hatte er mich wieder da, wo er mich haben wollte. Wie konnte ich ihm nun noch böse sein.

Wir telefonierten wieder fast täglich, schrieben uns SMS und eine Woche später stand er dann vor meiner Tür. Wir liebten uns, genossen unsere Körper und holten die ganzen 4 Wochen, in denen wir uns nicht gesehen hatten, nach. Er gestattete mir, trotz seines Aufenthaltes in Berlin, am Samstag Tango tanzen zu gehen, da er einen Empfang hätte. Wir wollten uns danach treffen. Doch als ich die Tango-Lounge betrat, war ich umso überraschter, als ich Johann dort in einem der alten Ohrensessel mit einem Glas Rotwein sitzen sah. Johann, in meinem heiligem Reich, der Tango-Lounge. Bisher war er noch nie dort gewesen, nun beobachtete er alles staunend, sah mir beim Tanzen zu und flüsterte mir im Laufe des Abends sogar zu, dass er in spätestens fünf Jahren mit mir gemeinsam über dieses Parkett tanzen würde. Ich glaubte mich verhört zu haben, und so blieb auch dieser Abend unvergessen. Noch Jahre später habe ich ihn in diesem Ohrensessel sitzen sehen.

In den nächsten Tagen beobachtete ich immer öfter, dass Tonja, sein russisches Haustier, auf meinem Profil in der SZ herumstalkte. Außerdem schickte sie mir Smileys per PN oder unter meine Bilder. Ich unterrichtete Johann darüber und er winkte ab und meinte, ich solle das ignorieren. Er wäre eh gerade dabei ihr endlich eine Wohnung zu besorgen und sie vor die Tür zu setzten. Ich tat wie mir geheißen. Johann schien eh gerade nicht in bester Verfassung, die Gesundheit seines Vaters und auch seine sehr anspruchsvolle Arbeit setzten ihm sehr zu, so das er die Zeit bei mir sehr genoss und sich verwöhnen ließ.

»Kleine es ist ja bald Weihnachten und Du hast Dir Dein Halsband inzwischen ja wirklich verdient. Ich werde nur nicht direkt bei Dir sein können, da ich zu meinem Vater fahre. Zwischen Weihnachten und Neujahr werde ich aber auf jeden Fall kommen.«

Waren seine Worte und so konnte ich mich rechtzeitig darauf einstellen mein Weihnachten anderweitig zu verplanen. Seit Matthias damals, war Weihnachten nie wieder das, was es mal war. Ich versuchte es einfach zu ignorieren. Mein Sohn war wie jedes Jahr bei seinem Vater und ich musste sowieso bis 14:00 Uhr arbeiten. Seit dem es nun Wendys Wohnzimmer gab, verbrachte ich den Heiligen Abend also dort, es wurde SMig gewichtelt und im kleinen Kreis beieinander gesessen. Dazu gab es Lebkuchen und Glühwein und tatsächlich Weihnachtsmusik. Und das in einem SM-Club! Am ersten Feiertag dann gingen wir Mädels vom Subbikränzchen meistens Wellnessen, das konnte dann schon mal den ganzen Tag in Anspruch nehmen. Den zweiten Feiertag verbrachte ich dann mit meinem Sohn und so konnte ich mich danach auf Johann freuen ...

... bis zu diesem Tag.

Ich saß bewegungslos vor meinem PC. Mein Herz raste und mir fiel das Atmen schwer. Das Bild, das ich da vor mir sah, musste eine Fata Morgana sein. Mit zitternden Händen griff ich zum Telefon:

»Johann, was ist das da für ein Foto in der SZ?«

Überrumpelte ich ihn ohne Vorankündigung.

»Was für ein Bild? Wovon redest Du?«, fragte er verwirrt.

»Tonja, Dein russisches Haustier, präsentiert sich in der SZ mit IHREM neuen Halsband, dass sie angeblich von DIR geschenkt bekommen hat!«, schrie ich nun ungehalten.

»Was hat das zu bedeuten? Wieso tut sie sowas? Wieso tust DU sowas?«, schrie ich weiter, ohne Luft zu holen.

»Klick!«

Er hatte aufgelegt. Ich starrte fassungslos das Telefon an und brach augenblicklich in Tränen aus. Was war hier los? Wurde ich mal wieder verarscht? Was sollte das alles?

Das Telefon klingelte. Johann. Ich überlegte, ob ich rangehen sollte.

»Okay, pass auf, ich bin stinksauer! Glaub es oder lass es, diese kleine Russin hat während meiner Abwesenheit letzte Woche meine Schränke durchwühlt und DEIN Halsband, das Du zu Weihnachten bekommen solltest, gefunden. Damit hat sie sich dann fotografiert und dieses Bild in die SZ gestellt.«

Ich war platt, konnte das sein? Machte jemand so etwas? Und wenn ja warum? Wenn die Beiden doch keine Beziehung hatten, warum tat sie dann so etwas?

Ich wartete ein paar Tage und schrieb sie dann entgegen meiner Abmachung mit Johann an. Ich fragte sie, was los sei und wieso sie so etwas behaupten würde und ob sie nicht wisse, dass Johann und ich eine Beziehung hätten. Nun fiel wohl sie aus allen Wolken und behauptete dasselbe von Johann und sich. Im Gegenteil sie schrieb mir sogar, ich solle die Finger von ihrem Kerl lassen und endlich Ruhe geben.

Wem sollte ich nun Glauben und was nun tun? Ich zog mich erst einmal zurück, stellte alle Bittgesuche ein und meldete mich gar nicht mehr bei Johann. Er aber ließ nicht locker, berichtete dass das allein ihr Wunschgedanke sei und er sie längst hätte rausschmeißen müssen und sie nur noch aus Mitleid bei ihm wohnen würde. Ich solle nicht das Gift in mich eindringen lassen, das sie versprühte. Er wütete und schrie mich am Telefon an, verbot mir, weiter mit ihr zu schreiben. Daneben erzählte er mir, was er alles mit mir tun würde, wenn er mich wieder in die Finger bekäme, aber ich konnte ihm nicht mehr glauben und hielt mich weiterhin zurück.

Weihnachten kam, Weihnachten ging.

Ich hielt mich weiterhin bedeckt, aber er ließ nicht locker. Er kam zwar nicht, wie ursprünglich angekündigt, zwischen den Feiertagen, aber das war auch gut so. Ich ließ ihn zappeln, schickte ihm sogar ein Paket mit allen Spielsachen, die er bei mir gelassen hatte, den Schlösschen die sich angesammelt hatten und der Flasche teuren Rotwein, die er für das nächste mal bei mir geparkt hatte.

Ich resümierte – egal, wer von Beiden recht hatte, irgendwas war faul an der Geschichte. Wahrscheinlich war an beidem etwas dran, er hatte ihr wohl genau solche Versprechungen gemacht wie mir, schließlich wohnte sie immer noch bei ihm und in welcher Form konnte ich schlecht nachprüfen.

Ich verabschiedete mich also endgültig davon, dass er es je ernst gemeint hatte und jemals nach Berlin zog. Zum Glück hatte ich ihm noch nicht mein Herz geschenkt, war nur verliebt in die Vorstellung eines gemeinsamen Lebens im SM-Kontext. Ich war meiner inneren Stimme gefolgt und hatte mich zurückgehalten. Nicht vorzustellen, wo ich jetzt wäre, wenn ich mich ganz auf ihn eingelassen hätte. Zum Ersten mal im Leben war ich froh, so etwas ähnliches mit Matthias erlebt zu haben, denn nun schützte mich genau DAS davor, ich hatte gelernt.

Ich überlegte. Das sollte Johann nicht ungestraft getan haben. Warum drehte ich nicht einfach den Spieß um?! Ich lebte schließlich sehr gut und zufrieden allein, nur fehlte mir jemand ab und an zum Spielen. Und das konnte ich mit Johann hervorragend und das auch, ohne mich zu verlieren. Jetzt waren die Fronten geklärt, nur ein paar Details musste ich noch heraus bekommen und dann würde ich mir einfach von ihm nehmen, was ich brauchte.

Ich teilte Johann also im neuen Jahr mit, dass wir so wie bisher nicht mehr weiter machen konnten, zu viel war passiert und zu viel ungeklärt. Es würde erst mit uns weiter gehen, wenn er reinen Tisch machen würde, entweder mit mir oder mit ihr.

»Ich entscheide wann etwas zu Ende ist.«

War seine Antwort. Aber er gestand mir auch, dass Tonja sehr wohl davon ausging, dass sie eine Beziehung miteinander hätten. Er habe das aber längst beendet und hoffte nun, dass sie nach all dem Theater endlich ihre Sachen packen würde. Er würde mit ihr reden und alles klären.

»So, ich habe ihr gesagt, dass wir zwei mal im Club spielen waren, einmal sei es schief gegangen und einmal war es sehr gut. Danach wollte sie wissen wie oft wir miteinander geschlafen haben, meine Antwort war ausweichend, danach wollte sie wissen ob ich Dich geküsst habe, meine Antwort war einmal, was ja der Wahrheit entspricht. So und jetzt werde ich schwul.«

Er wand sich also wieder aus allem heraus, sagte ihr nur die halbe Wahrheit und mir wahrscheinlich auch. Ich schlug ihm deshalb vor:

»Nun sind die Karten ja neu gemischt, wie es weitergehen soll. Eine Idee- Du sagst ihr das Du ohne mich nicht mehr leben möchtest und sie sich lieber einen anderen Mann suchen soll. Noch ist sie jung genug um einen zu finden der sie heiratet und ein Kind mit ihr macht.«

Anderenfalls wären meine Bedingungen folgende: Wir konnten miteinander spielen, wenn er in Berlin war, aber ich würde ihn weder mit Herr ansprechen, noch um irgendetwas bitten. Im Gegenteil, ich würde wieder tun und lassen was ich wollte ohne ihn daran teilhaben zu lassen.

Dann schrieb ich Tonja an, die wieder verstärkt auf meinem Profil herumstalkte, und fragte sie, ob wieder alles okay wäre. Irgendwie tat sie mir ja auch leid, denn auch sie wurde hinters Licht geführt und so sollten wir eigentlich zusammenhalten. Schließlich hatte nicht sie dieses ganze Chaos verursacht, sondern Johann. Dass das aber in der Realität nie funktionieren würde, war mir schon von vornherein klar. Sie schrieb daraufhin:

»Seitdem Johann mit Dir Schluß gemacht hat, ist alles besser denn je. Er überhäuft mich mit Geschenken und ist super lieb zu mir. Er redet sogar von Heirat und Kindern.«

Das war natürlich zu dick aufgetragen, das wusste ich. Johann hatte schon zwei Kinder aus einer früheren Beziehung, und es quälte ihn sehr, dass er sie praktisch nie sah. Ich klärte sie daraufhin auf, dass nicht er, sondern ich Schluss gemacht hätte, weil ich mich nicht belügen lasse, und sie das auch nicht tun sollte. Allerdings sagte ich ihr auch, dass er meinen Trennungswunsch nicht akzeptiert hätte und wir nun weiterhin eine Spielbeziehung hätten. Als ich nach dem Halsband fragte, berichtete sie:

»Ich hatte mich damals gewundert, dass er ein Halsband gekauft hatte, denn wir hatten nur ganz zu Anfang unserer Beziehung SM miteinander, aber seit wir zusammen wohnen nicht mehr. Er musste es also für jemand anderen gekauft haben und ich fing an zu suchen und fand Nachrichten an Dich.«

Nun ja, das alles klang schlüssig und sehr nach Johann. Warum sollte sie sich so etwas ausdenken. Ich versuchte, an ihre Vernunft zu appellieren:

»Nun da Du ja nun alles weißt und ihr ja eh kein SM mehr miteinander habt, könntest Du akzeptieren das er sich weiterhin an mir austobt?«

Ich spürte förmlich das Unbehagen am anderen Ende der Leitung:

»Nein das kann ich nicht. Bitte halte Dich endlich aus unserer Beziehung heraus und kümmere Dich um Dein Leben.«

›Ach‹, dachte ich, ›das Gleiche könnte ich auch zurückgeben, denn auch Johann und ich haben eine Beziehung. Außerdem solltest Du dann ihm sagen, dass er mich in Ruhe lassen soll.‹

Ich versuchte es anders:

»Wieso kannst Du nicht akzeptieren, dass Du ihm einfach einige Dinge nicht geben kannst. Wir ergänzen uns da doch gut und ich nehm Dir doch nichts weg, sondern wir haben einen ausgeglichenen Johann und profitieren somit beide davon.«

Sie verstand es nicht, sie war zu jung und unerfahren und verstand das Prinzip Polyamory nicht. Nur warum hielt er so sehr an ihr fest? Nur weil sie ihm das Haus hütete, den Herd und das Bett warm hielt?

Die ganze Geschichte geriet zusehend außer Kontrolle, mein Vertrauen in Johann war dahin, die Beine seiner Lügen waren zu kurz, das alles war keine Basis mehr.

»Sie hat meine Passwörter geknackt. Hab sie sofort geändert.«

Bekam ich eines Tages per SMS die Nachricht. Es war fortan ein blödes Gefühl nicht zu wissen, was sie mitgelesen hatte und was nicht.

Dann wurde ich sogar von Freunden unterrichtet, dass Tonja sie angeschrieben hätte und Kontakt knüpfen wollte. Es kamen mysteriöse Nachrichten von Johanns Profil an mich, sie hatte sich wohl wieder einmal hineingehakt. Es war zum Verzweifeln, dass er keinen reinen Tisch machte und sowohl sie als auch mich in der Luft hängen ließ.

Von nun an kam Johann seltener aber dennoch regelmäßig nach Berlin. Aber unser Spiel war nur noch lauwarm. Die Realität hatte uns eingeholt und wenn ich genau darüber nachdachte, waren genau diese Anforderungen seinerseits das Salz in der Suppe. Wir konnten das Kopfkino nicht mehr aufrecht erhalten, der Film war gerissen.

Er versuchte mich fortan emotional zu packen, schrieb mir, wie sehr ich ihm fehlen würde, sogar das er mich lieb hätte und er meine Hingabe so sehr vermissen würde. Immer wieder forderte er, dass ich um 'lebenslangen Hausarrest' bat, was ich in solch einer Situation noch unrealistischer fand. Aber er tat auch nichts um mein Vertrauen wieder aufleben zu lassen. Als ich ihn fragte warum, schrieb er, dass er keine Kraft dazu hätte.

Ungefähr zeitgleich schrieb mich ein Mädel in der SZ an, die behauptete Tonja zu kennen. Sie wäre mit ihr seit der Lehrzeit befreundet und hätte alles Bisherige mitbekommen. Seit Monaten nun würde sie auf Tonja einreden, sich endlich von Johann zu trennen, da er sich wohl immer woanders holen würde, was er bei ihr nicht bekäme. Ihr läge viel an Tonja und deshalb würde sie mich um Unterstützung bitten.

Lena, so hieß sie, sprach mir so sehr aus der Seele, denn ich verstand Tonjas Verhalten ja ebenso wenig. Wir verabredeten uns also in Wendys Wohnzimmer. Und dann traf er mich, Amors Pfeil. Mein Gott was war sie süß. Rote Locken umschmeichelten weiße Haut, die mit abertausenden Sommersprossen bedeckt war. Ihre Mimik und Gestik war einfach atemberaubend, so das ich kaum ihren Ausführungen folgen konnte, so sehr entzückte sie mich. Ich wollte sie anfassen und gleichzeitig berühren, ich wollte SIE!

Aber ich musste mich zusammenreißen, jetzt ging es hier um Tonja, Johanns russisches Haustier. Allerdings konnte ich ihr auch nicht wirklich weiterhelfen, denn Johann musste eine Entscheidung treffen. Wenn ich es tat, würde es über kurz oder lang wieder einen Andere geben, bei der er sich holte, was Tonja ihm nicht geben konnte. Zu oft hatte ich es mit SMlern zu tun gehabt, die das Mausern nicht lassen konnten und ich sah nicht ein, schon wieder den Kürzeren zu ziehen. Ich versuchte, Lena meinen Standpunkt klar zu machen und auch wenn sie ihn nicht wirklich nachvollziehen konnte, schien sie ihn wenigstens zu akzeptieren.

In den folgenden Tagen versuchte ich nun Lena zu bezirzen. Ob sie es denn schon einmal mit einer Frau probiert hätte, denn sie hatte sich im Anschluss bei mir natürlich über Männer ausgeheult. Ich ließ nicht locker, balzte, was das Zeug hielt und traf mich mit ihr, wann immer ich konnte. Meine Verführungs- und natürlich auch Seilkünste trugen dann recht schnell Früchte, denn Lena war wie alle Frauen nicht nur neugierig, sondern auch bald bondagesüchtig. Ich umgarnte sie also nicht nur mit Worten, sondern auch mit Seilen und sie ließ sich fallen – nicht nur in meine Arme. Ich schrieb ihr kleine Texte und Geschichten, da sie sich nicht vorstellen konnte, was ich mit ihr anfangen wollte:

***

Es wird ein ruhiger Abend in Wendys Wohnzimmer sein, an dem nicht viele Gäste da sein werden, da Du zum ersten Mal dort sein wirst und Dir erst einmal einen Eindruck verschaffen musst. Du wirst aufgeregt sein und gleichzeitig neugierig auf die Dinge, die Dich erwarten. Ich werde Dir die Räume zeigen und Dir die Funktionen der Gerätschaften beschreiben, auch werde ich hier und da eine kleine Andeutung fallen lassen, das Du sie kennenlernen wirst.

Wir werden uns zu einem Drink auf die Couch setzen, den Du mir natürlich von der Bar geholt hast und Du wirst mir Deine kalte kleine Hand auf den Arm legen, um Dich zu beruhigen. Ich werde sie Dir festhalten, um Dir die Sicherheit zu geben, dass Dir nichts geschehen wird, was Du nicht selber willst! Ich werde Dir den Rücken streicheln um Dir die Verspannung zu nehmen, und langsam wirst Du Dich wohlfühlen.

Du bist hübsch gekleidet, hast einen schwarzen Rock, kein Höschen aber halterlose Strümpfe und ein luftiges Oberteil an. Ich kann Deine Nippel durchschimmern sehen, da Du keinen BH anhaben wirst.

Ich versuche Dich in ein Gespräch zu verwickeln, aber Du kannst mir irgendwie nicht richtig folgen, schaust Dich andauernd unsicher um und wirkst nervös. Ich lege meinen Finger unter Dein Kinn und dreh Deinen Kopf zu mir, küsse Dich flüchtig auf den Mund und sage,

»wenn ich mit Dir rede, hörst Du bitte nur auf das was ich sage.«

Du schaust mich erschrocken an und senkst die Augen.

»Ja« kommt es aus Deiner trockenen Kehle.

»Und damit Du nicht noch weiter abgelenkt bist, gehst Du bitte in den Keller und wartest dort in der Mitte des Raumes auf mich« füge ich noch hinzu.

Du willst erst zum Widerspruch ansetzen, aber ich schaue Dir tief in die Augen und winke Dich mit dem Kopf in Richtung Keller. Du stellst Dein Glas fahrig auf den Tisch, stehst auf, zupfst an Deinem hübschen Röckchen und gehst unsicher die Treppe zum Keller hinunter.

Ich lasse ein paar Minuten verstreichen, trinke mein Glas aus und gehe langsam und ruhig zur Treppe. Zum Glück weißt Du nicht was ich in der Hand habe ...

***

Leider merkte ich sehr schnell, dass sie nur ein Spielzeug war, denn sie war sehr wehleidig und vertrug kaum Schmerzen. Aber sie fühlte sich toll an und so bondagte und vögelte ich sie wann und wo immer ich konnte.

Johann war davon nicht wirklich angetan, denn er kannte Lena und befürchtete, dass sie mich nur aushorchen wollte. Aber mir war das egal, ich hatte schließlich nichts zu verbergen. Im Gegenteil, ich hatte immer noch die Hoffnung, dass Tonja endlich akzeptierte, dass es mich neben ihr gab. Und wenn nicht, sollte sie ruhig wissen, dass ich nicht nur ihren Kerl, sondern auch ihre Freundin vögelte. Ich hatte es satt immer die Leidtragende zu sein, sollten die anderen die Suppe auslöffeln, die sie sich selbst eingebrockt hatten.

Auf den Tag ein Jahr nachdem Johann wieder in meinem Leben auftauchte, bekam ich folgende Nachricht:

»Ich schreib Dir gleich eine Mail, die Du bitte nicht für voll nehmen darfst, aber ich weiß mir nicht mehr zu helfen ... ich melde mich, Johann«

Alles in mir verkrampfte sich, das durfte doch nicht wahr sein. Als ich mein Email-Postfach öffnete, fand ich folgende Mail:

»Hallo Siri,

ich habe nur ein Leben. Ich habe in der nächsten Zeit sicherlich große berufliche und private Herausforderungen zu bewältigen. Ich brauche vor allen Dingen Ruhe und eine Quelle der Kraft. Ich brauche auf keinen Fall das hirnlose SZ Gequassel, emotionale Zerrissenheit und den Tanz auf mehreren Hochzeiten. Ich liebe Tonja und wohne mit ihr

zusammen und möchte, dass das so bleibt. Das ist die einzige Lösung, die ich für sinnvoll erachte und meine Chance Ruhe und Normalität in mein bis zum Anschlag gestresstes und zerrissenes Leben zu bekommen.

Ich brauche Ruhe und Zeit und beginne gerade allen unnötigen Ballast abzuwerfen. Ich lasse meine Zeit in Berlin nun endgültig hinter mir, um es mit Worten von Wowi zu sagen: ›Das ist auch gut so‹.

Ich werde mich nicht mehr bei Dir melden und wünsche auch von Dir in Ruhe gelassen zu werden.

Beste Grüße Johann«

Zeitgleich klingelte mein Telefon Sturm. Ich atmete tief durch und nahm den Hörer ab.

»Tonja hat sich versucht die Pulsadern aufzuschneiden, ich musste das tun, bitte versteh mich doch. Ich will kein Menschenleben auf dem Gewissen haben«, flehte er hastig.

Ich schloss die Augen und antwortete ganz ruhig.

»Johann, Du hast Dich gerade für Tonja und gegen mich entschieden. Ich habe Dir versucht einen Mittelweg zu ebnen, aber Du lässt Dich von ihr erpressen. Bitte lass es uns jetzt genau hier beenden.«

Aber er beließ es nicht dabei, er ließ nicht los, tat mir gegenüber, so als ob nie etwas geschehen wäre. Er schrieb mir, wie sehr er mich bräuchte, redete von Dingen, die er mit mir beim nächsten mal tun wollte, ja forderte tatsächlich immer noch lebenslangen Hausarrest ein, aber er kam nicht mehr nach Berlin. Als ich ihn dann noch in der SZ als ihr Partner, Dom und Spielpartner verlinkt sah, verbat ich mir derlei Anschreiben und reagierte einfach nicht mehr.

Es war vorbei!

Ich musste mich ablenken, konzentrierte mich nun wieder ganz auf mein Leben, traf mich mit Freunden, ging auf Partys und Tango tanzen. Und überall hatte Johann seinen Stempel hinterlassen. Ich sah ihn in der Tango-Lounge im großen Ohrensessel sitzen, in Wendys

Wohnzimmer an der Bar stehen oder bei mir zu Hause mit der Kaffeetasse auf dem Balkon. Auch hatte ich mir im Urlaub eine Skulptur von zwei küssenden Figuren gekauft, die mich nun immer anstarrte. Es war ein bittersüßer Schmerz, der übrig geblieben war. Ein Konglomerat aus wunderbaren Erinnerungen und einem Traum von einer Beziehung im SM-Kontext der wohl leider niemals wahr werden würde. Ich war traurig, sehr! Aber ich war nicht am Boden zerstört wie bei Matthias damals, denn wenn ich ohne den leben konnte, konnte ich das auch ohne jeden anderen Mann.

Um mich herum fühlte sich dennoch alles leblos an, ich war wie betäubt und die Tage flossen an mir vorüber.

Vier Monate später rief Johann mich an. Ich war versucht nicht ranzugehen, aber vielleicht wollte er mir ja berichten, dass er endlich mit Tonja Schluss gemacht hätte und wir nun das dritte und letzte mal miteinander durchstarten könnten. Aber ich kam gar nicht dazu diesen Gedanken zu Ende zu denken.

»Bevor Du es um fünf Ecken erfährst, möchte ich es Dir persönlich sagen – ich habe um Tonjas Hand angehalten.«

Mir wurden die Knie weich. War ich die ganze Zeit nur Mittel zum Zweck? Oder hatte er sich einfach nur von ihr erpressen lassen? Aber egal was es war, er hatte endlich den Arsch in der Hose um sich endgültig zu entscheiden. Ich atmete dreimal tief durch, gratulierte ihm und legte auf. Damit war das Thema Johann für mich durch! Ein Jahr später fand tatsächlich die Hochzeit statt.

Jahre später traf ich ihn wieder, er wirkte gesetzter und nicht ganz unglücklich, aber er schwärmte immer noch von unseren alten Geschichten und versuchte mich wieder ins Hotel zu bekommen. Er perlte an mir ab, ich blieb standhaft und wünschte ihm ein schönes Leben!

Kapitel 9

Ares, Gremlin, Lady Cate und ich saßen im Raucherraum von Wendys Wohnzimmer und schauten uns fassungslos an.

»Wendy will den Club verkaufen?«, löste sich Ares als erster aus der Starre.

»Sie meint, sie ist völlig überarbeitet und der Club wirft eh nichts ab, auch ist ihr die Freude daran abhandengekommen«, berichtete Gremlin nun.

»Aber sie hat doch nur 4 Tage in der Woche offen und hat keine Kosten und Mühen gescheut den Club aufzubauen. Was ist denn da los?«, fragte Cate.

Ich war mit Wendy am engsten befreundet und konnte ein paar Hintergründe liefern. Ihr Freund Frodo und sie führten den Club nun seit drei Jahren, aber Frodo hatte wohl seit neuestem einen anderen festen Job und so musste Wendy die Abende alleine bestreiten. Die Umsätze seien auch sehr zurückgegangen, sodass sie kaum die Kosten decken konnte, jammerte sie mir oft vor. Auch wäre die abendliche Arbeit wohl sehr belastend für Wendy, da sie eigentlich ein Morgenmensch ist. Außerdem beklagte sie immer mehr, dass sie mittlerweile nicht mehr öffentlich spielen könne, da ja nun jeder sie kannte. Dieses Problem war mir ja nun sehr geläufig und wenigstens in diesem Punkt verstand ich sie auch.

»Hmm, vielleicht braucht Wendy nur mal eine Pause um mal durchzuatmen«, wand Gremlin ein.

Wir sahen uns alle an und dachten wohl alle das Gleiche.

»Okay, wer ist dabei?«, fragte Ares.

Einer nach dem anderen hob die Hand. Wir alle wollten nicht, dass »unser«, nein Wendys Wohnzimmer geschlossen werden sollte. Also mussten wir was dagegen tun!

»Okay, jeder überlegt sich bis nächste Woche, wie er dazu beitragen kann, Wendy zu entlasten. Dann tragen wir alles zusammen und wenn wir feststellen, dass es machbar ist, berichten wir Wendy von unserer Idee. Bis dahin bleibt aber alles unter uns«, schlug ich vor.

Gesagt, getan.

Eine Woche später saßen wir wieder zu viert im Raucherraum und legten unsere Ideen auf den Tisch.

»Ich könnte den Donnerstag übernehmen«, war Ares Vorschlag.

»Ich mag den Freitag«, meldete sich Gremlin.

»Ich kann nur samstags, aber nicht jeden, vielleicht können wir uns da ja auch abwechseln? Aber ich kann die Partyeinträge in der SZ machen«, schlug Cate vor.

»Das hört sich doch schon super an und da ich eh am Dienstag das Subbiekränzchen und Miss Rope habe, mach ich die Dienstage und wenn Ares nicht kann auch mal die Donnerstage«, trug ich dazu bei.

»Okay, dann ist es also beschlossen und wir sprechen mit Wendy.«

Alle nickten zustimmend. Wir holten Wendy in den Raucherraum und unterbreitete ihr unseren Vorschlag.

»Pass auf Wendy, unser aller Herzen hängen am Club. Wir verbringen alle eh viel Zeit hier und fühlen uns sehr wohl. Keiner von uns möchte, dass der Club geschlossen wird, und schon gar nicht das Du vor die Hunde gehst. Also lass uns für ein halbes Jahr das alles organisieren, Du erholst Dich und danach sehen wir weiter.«

Wendy brach in Tränen aus.

»Das würdet ihr tatsächlich für mich tun?«

Alle nickten und so war die Sache beschlossen. Wendy versprach nur noch eine einzige Party im Monat, die ihr sehr am Herzen lag, auszurichten und uns ansonsten freie Hand zu lassen. Alle 14 Tage wollten wir als Team zusammen kommen und einmal im Monat Wendy von den Fortschritten berichten und sehen, ob ihr die Auszeit half.

Als Erstes besorgten wir uns eine Putzfrau, da dieser Punkt von vielen Gästen bemängelt worden war und wir neben unseren sonstigen Jobs wenig Zeit hatten und uns auf die Partys konzentrieren wollten. Dann nahm ich mir, als gelernte Einzelhandelskauffrau, die Bücher vor und schaute, wo betriebswirtschaftlich etwas im Argen lag. Schließlich war Wendy studierte Soziologin und hatte wenig Ahnung von derlei Dingen. Dann sah ich mir die bisherigen Partys an und schaute, welche davon zahlungskräftige Kundschaft anlockten. Ich erstellte einen Dienstplan für uns Vier plus Gäste, durchleuchtete die Getränkeverkäufe und schaute mir die Ein- und Ausgaben an. Bei unserem nächsten Teammeeting legte ich den anderen nun meine Ergebnisse vor.

Ares hingegen war unser Handwerker und hatte sich zwischenzeitlich den Club angesehen und eine Mängelliste erstellt.

Die Ergebnisse waren erschreckend. Der Umsatz war zwar ganz gut, aber die Ausgaben zu hoch und die unterschiedlichen Eintrittspreise verwirrend. Einige Partys waren kaum besucht worden, dafür andere durch Unterbesetzung nicht wirklich ausgeschöpft, neue Partys gab es gar nicht. Genauso sah es bei den Getränken aus, es gab jedes Jahr wenigstens ein IN-Getränk in Berlin, keines davon hatte es bisher auf die Getränkeliste geschafft. Viele Gerätschaften im Club waren defekt und mussten dringend repariert werden und diverse waren einfach falsch platziert. Wer einmal im Raucherraum versackte, bestellte selten Getränke nach, so fanden viele Partys ausschließlich im Raucherraum statt und rentierten sich so gut wie gar nicht. Es gab also viel zu tun!

Wir räumten als erstes die bequeme Couch in den Hauptraum und stellten zur ersten Abschreckung die Stehtische hinein. Nachdem die Gäste sich darüber echauffiert hatten, waren sie über die normalen Tische und Stühle beinahe dankbar. Diese Hürde war also genommen, man ging fortan nur noch zum Rauchen in den Raucherraum und kehrte danach wieder zurück, um auf der bequemen Couch Platz zu nehmen. Dass man dabei an der Bar vorbei kam, und sich sogleich ein neues Bier mitnahm, fiel den Gästen und uns zusätzlich sehr angenehm auf.

Die Partys die bisher nur wenig Gäste angelockt hatten, strichen wir umgehend und ersetzten sie durch neue spritzige Veranstaltungen. So gab es z.B. statt der eingestaubten »Mystischen Nacht« eine »Cocktailparty«, hierzu organisierten wir uns einen richtigen Barkeeper. Dann sprachen wir Freunde und Bekannte an, ob sie nicht eine Idee für eine eigene Partyreihe hatten. Sehr schnell entstanden so: Korsettnächte, Petplay-Abende, Klinik- und Transenpartys. Jeder konnte seinem Fetisch frönen und so hatten wir bald einen bunten Blumenstrauß im Angebot, der dankbar von den Gästen angenommen wurde. Zusätzlich errechnete ich den Durchschnitt aller Partypreise und so konnten wir zu festen sehr moderaten Eintrittspreisen wechseln. Wir waren recht schnell gezwungen unser Personal aufzustocken und fanden tatsächlich viele helfende Hände, die genauso wie wir, nur zum Spaß an der Freude die Tresendienste übernahmen. Bald waren wir Vier nur noch Gastgeber, die durch den Abend führten, neue Gäste herumgeleiteten und die Tresenfeen anwiesen sich um sie zu kümmern. Auch waren einige bereit Ares bei der Reparatur diverser Spielmöbel zu helfen und so waren beinahe fast all unsere Freunde involviert. Denn finanziell wollten wir uns alle nicht bereichern, wir wollten einfach nur, dass uns Wendys Wohnzimmer erhalten blieb. Eigentlich hatten wir alle sehr viel Spaß bei der Sache – eigentlich.

Denn Wendy fühlte sich wohl ausgeschlossen. Sie fing an der Putzfrau hinterherzuspionieren und vergraulte sie sehr bald. Sie kontrollierte die Getränkebestände und horchte die Gäste aus, ob denn bei uns alles mit rechten Dingen liefe. Und so wurde Stück für Stück der Stachel der Missgunst zwischen uns getrieben. Als erste zog sich Cate zurück, nachdem ihr Wendy unterstellt hatte Getränke unter der Hand zu verkaufen. Gremlin konnte plötzlich einen Tagesumsatz nicht mehr finden, den ich in der Kasse deponiert hatte. Natürlich hatte er selbst ihn für Getränke ausgegeben und das nur vergessen. Auch Ares hatte immer weniger Zeit und widmete sich lieber seinen anderen Hobbys.

Als das halbe Jahr vorbei war, stand mein Entschluss deshalb fest: Es war eine wirklich interessante Zeit, aber um unser aller Freundschaft willen, wäre es besser den Club nun wieder an Wendy zurück zugeben. Ich für meinen Teil konnte und wollte diesen Kraftakt, neben meinem normalen Job, nicht mehr leisten. Das halbe Jahr hinterließ langsam Spuren, ich konnte und wollte das nicht mehr stemmen. Zu viele Sonntage hatte ich mit Abrechnungen und Party-organisationen verbracht, ich brauchte wieder Freizeit, schließlich hatte ich auch noch meinen Sohn. Auch schlauchte die Nachtarbeit sehr, ich war eben Verkäuferin, aber keine Bardame, die es gewohnt war ständig die Sorgen und Probleme der Gäste anzuhören. In norma-len Kneipen war das sicher schon sehr anstrengend, aber im BDSM-Bereich sind die Einschüsse noch um einiges dichter. Auch war es eben ein riesen Unterschied sich den Luxus zu gönnen, von einer Party gehen zu können, wenn man genug hatte und nicht bleiben zu müssen bis der Letzte ging.

Die Silvesterparty war also meine letzte organisierte Party. Sie war ein voller Erfolg, das Haus voll, das Buffet reichhaltig, die Performance beeindruckend, sogar einen DJ hatten wir angeheuert. Alles war per-fekt durchorganisiert. Doch wieder hatte Wendy uns einen Strich durch die Rechnung gemacht und einen falschen Partypreis auf der Homepage eingetragen. Wir hatten durch die ganze Organisation und Arbeit, gar nicht darauf geachtet, sodass uns erst die Gäste daraufhin wiesen. Da war so kurzfristig auch nichts mehr dran zu machen, angekündigt war angekündigt. So war die Party ein kompletter finan-zieller Verlust, denn die Ausgaben überstiegen die Einnahmen um einiges. Sehr ärgerlich und für uns alle ein Schlag in die Magengrube.

Unser letztes gemeinsames Teammeeting war demzufolge auch nicht sehr erfreulich. Um so erstaunter war ich, dass Gremlin und Ares nun doch noch weitermachen und sogar Wendy wieder mit ins Boot nehmen wollten. Ares verstand als einziger meinen Austritt, und Gremlin war richtiggehend sauer auf mich. Nur Wendy war anscheinend froh, dass ich ging, irgendwie hatte sie mich dazu auserkoren an ihrem Desaster schuld zu sein. Ich verstand die Welt nicht mehr, wir hatten ein halbes Jahr vereinbart und das war nun um. Mein Entschluss stand fest, ich gab also meinen Schlüssel ab und ging.

Ein paar Wochen danach besuchte ich zusammen mit einem Freund wieder einmal Wendys Wohnzimmer, schließlich hatte ich sehr viele schöne Nächte dort verbracht. Es war ein wenig Zeit vergangen, der Groll verraucht und es war schön alle wieder zu treffen. Der Abend war auch sehr gelungen, zwar fand nun wieder alles fast ausschließlich im Raucherraum statt, da Wendy die Couch wieder postwendend dorthin verschoben hatte. Auch jammerte Wendy wieder über sooo viel Arbeit und zurückgehende Umsätze, doch ich hörte nur mit halbem Ohr hin. Ich hatte meinen Spaß, schließlich hatte ich versucht zu helfen. Wenn meine Hilfe nicht angenommen wurde, konnte ich auch nichts dafür. Der Abend neigte sich dem Ende zu und ich wollte gehen. Der Form halber fragte ich aber dennoch, wie das denn jetzt mit der Bezahlung aussehen würde.

»Na da Du hier ja nicht mehr arbeiten möchtest, gelten für Dich nun die normalen Eintritts- und Getränkepreise. Anweisung von Wendy!«, antwortete mir Gremlin schulterzuckend. Ich war platt über so viel Dreistigkeit. Ich hatte diesen Club mit ausgebaut, hatte viele Stunden hinter dem Tresen verbracht, ihn ein halbes Jahr mitorganisiert und das alles neben meinem normalen Job und meinem Sohn, und nun bekam ich so eine Antwort. Das war genug!

Ich betrat Wendys Wohnzimmer nie wieder!

Gremlin, Ares und einige andere Freunde hingegen, griffen Wendy noch ein ganzes Jahr unter die Arme. Dann hatte Wendy auch sie vergrault und verkaufte den Club ein weiteres Jahr später, nachdem immer mehr Gäste ausblieben.

Mit Ares verband mich seit diesen Tagen allerdings eine ganz besondere Freundschaft. Wir hatten sehr intensive Gespräche geführt und hatten viele gemeinsame kranke Fantasien. Darum wunderte es mich auch nicht, als eines Tages mein Telefon klingelte:

»Wir hatten doch einmal über Ageplay gesprochen. Ich habe ich hier eine kleine Neuzehnjährige, die Dich gerne kennenlernen würde. Hast Du am Samstag Zeit?«

Ich war sofort angefixt.

»Klar, ich werd pünktlich da sein. Gibts was, was ich vorher wissen muss?«, fragte ich deshalb nur.

»Die Kleine heißt Anika und wird Mama zu Dir sagen.«

Mir lief das Wasser im Mund zusammen, das war genau nach meinem Geschmack.

Ich fuhr also am Samstag zu Ares nach Hause. Es war ein warmer sonniger Tag und er würde gleich noch heißer werden. Als ich klingelte, öffnete Ares mir die Tür – wie immer in seiner heiß geliebten Jogginghose. Wir begrüßten uns und er führte mich ins Wohnzimmer. Dort stand sie. So jung, so zart, so rosig, nur mit einem süßen Blümchenschlüpfer und Hemdchen bekleidet, ich war entzückt.

»Hallo Kleine, willst Du Mama nicht begrüßen?«

Sie wurde rot und schaute Ares an, der ihr bedeutete mir Folge zu leisten. Dann kam sie zu mir und küsste mich vorsichtig auf die Wange. Sie roch so wunderbar. Ich setzte mich auf die Couch und beobachtete sie eine Weile, wie sie da peinlich berührt vor mir stand.

»Komm doch mal zu mir und erzähle, was ihr heute Schönes gemacht habt.«

Forderte ich sie auf. Sie weigerte sich und Ares musste ihr mit der Gerte auf die Sprünge helfen. Stockend berichtete sie mir nun, dass sie mit Papa in der Sonne Eis essen war. Ich streichelte sie währenddessen und roch mich in sie hinein.

»War das denn so schwer, kleine Anika? Die Mama möchte doch nur wissen, ob ihr einen schönen Tag hattet.«

Sie lehnte ihren Kopf gegen mich. Ich bedeckte ihre blonden Locken mit Küssen, sie hob den Kopf und wir küssten uns. Sie schmeckte wie ein Tautropfen an einem Frühlingsmorgen und ich saugte mich in sie hinein. Dann biss ich zu.

»Auuuuu«, schrie sie auf und zuckte zurück.

»Au ist kein Codewort, das hatten wir doch schon«, tadelte sie Ares, der uns zuschaute.

»Und nun hab Dich nicht so, sei lieb zur Mama.«

Ich streichelte ihren Kopf.

»Schau mal Kleines, die Mama hat schon so viel Erfahrung. Ich möchte Dir doch einfach nur zeigen, was es alles für tolle Sachen gibt. Willst Du die nicht erleben?«, fragte ich sie stirnrunzelnd.

Sie schaute mich mit ihren blauen Augen an und nickte. Ich fing sie an zu streicheln und kniff sie in die kleinen Knospen. Wieder zuckte sie zurück, dieses mal brauchte ich sie aber nur anzuschauen und sie ließ es zu. Meine Fingernägel zogen lange Spuren über ihre sonnenverbrannte Haut, sie ließ es geschehen. Es dauerte nicht lange und sie leckte mich und ich leckte sie, wir genossen uns, dabei war sie sehr gelehrig.

Ares hatte Sushi bestellt und so schwelgten wir bald nicht nur sexuell in höchsten Genüssen. Nun taute Anika langsam auf und plapperte drauf los. Sie war ein süßes kleines Ding, das aber ein unheimliches Verständnis für D/s hatte. Unser Kontakt war nach diesem Abend sehr eng, wir schrieben viel und durften auch ab und an mal zusammen essen oder shoppen gehen. So wie Mutter und Tochter das eben taten. Auch präsentierte sie mir Ares in Wendys Wohnzimmer, ich durfte sie mit meinem Doppeldildo vögeln und genoss ihre Haut und ihren Duft. Aber immer musste sie mich Mama nennen, auch in der Öffentlichkeit, wenn wir uns innig küssten. Das zeckte mich tierisch an, sodass ich es immer kaum abwarten konnte, bis wir uns wieder sahen.

Kleines

Ein neuer Tag bricht an

erfülle mich mit Glück,

geh meinen Weg schon lang

und blick auch oft zurück.

Was war ich frech am Anfang

wie oft den Mund verbrannt,

hab meine Strafen einkassiert

war jedes Mal gespannt.

Erklärt hat es mir niemand

wie man sich so verhält,

nur beigebracht und anerzogen

ist das was heute zählt.

So manches tät ich anders

und vieles doch so gleich,

Erfahrungen sind kostbar

machen unendlich reich.

Nun seh ich Dich Du Kleines

erkenne vieles in Dir wieder,

möcht weitergeben was ich weiß

wenn Du kniest vor mir nieder.

So viele schmutz´ge Fantasien

schweben durch meinen Kopf,

da ich´s selbst nicht kann erleben

werf ich sie mit Dir in einen Topf.

Du wirst zum Himmel fliegen

und auch mal ganz tief fallen,

ich werde da sein und Dich halten

wenn Du vor Schmerz wirst lallen.

Tritt ein in meine Welt

von der ich nichts möcht missen,

genieße jeden Tag mit mir

und profitier von all meinem Wissen.

Aber dann geschah das, was passiert, wenn man nicht ehrlich ist. Ares war ja seit nun über sieben Jahren mit Areia zusammen. Die beiden waren wirklich ein tolles Paar und ich bewunderte sie dafür, wie sie mit einander umgingen. Ich war mit beiden schon lange befreundet und war ihnen absolut loyal. In langen Gesprächen mit Ares erklärte er mir einmal, dass Areia ihm blind vertrauen würde. Egal was er jemals mit ihr tat, und wenn er sie mit verbundenen Augen über eine stark befahrene Straße schicken würde, sie würde niemals daran zweifeln, dass er nicht auf sie aufpassen würde. Sie kannte also keine

Angst, wenn sie mit Ares zusammen war. Ares aber liebte das Spiel mit der Angst, er fraß sie regelrecht und war süchtig danach. Und genau deshalb hatte er immer ein bis zwei Mädchen nebenbei, denen er Angst machen konnte.

Anika war eine davon, allerdings schon seit geraumer Zeit. Leider hatte Ares wohl vergessen ihr das alles zu erklären und so erfuhr sie von irgendwem, dass sie nicht seine alleinige Sklavin war und nie sein würde. So sehr sie auch D/S verstand, so wahnsinnig weit sie auch in dieser Thematik steckte und stundenlange Gespräche darüber selbst für mich noch lehrreich waren, so wenig verstand sie Polygamie. Sie war halt 19 und über beide Ohren in Ares verliebt. Da führte kein Weg hinein, sie reagierte absolut entsetzt und stellten jeden Kontakt zu mir und Ares abrupt ein. Denn ihrer Auffassung nach war ich mitschuldig, denn ich als ihre engste Vertraute in Bezug auf Ares, hätte sie warnen müssen. Aber das stand mir nicht zu, das war Ares Aufgabe.

Wir sahen uns nie wieder. Ich war sehr traurig über diese Entwicklung und weinte der kleinen Maus so manche Träne nach.

Kapitel 10

Ich musste mich also fortan wieder auf meine Fantasien berufen und rief mir Dr. Melchiors Rat wieder ins Gedächtnis, Geschichten zu schreiben, um mich von ihnen nicht überwältigen zu lassen. Denn durch Wilhelm hatte ich ja nun gelernt, dass man viele Dinge die im Kopf passierten, nicht in der Realität erlebbar waren. Also schrieb ich wieder.

***

Sie hatten sich über das Internet kennengelernt. Es war kein übliches Singleportal, es war ein Spezielles, für Liebhaber weiblicher Fülle.

Sonja war 32 Jahre alt und war bei einer Größe von 1,75 m mit ihren 80 Kilo recht drall, aber dennoch wohlproportioniert. Die Männer sahen sich nach ihr um, flirteten auch mit ihr, aber als Freundin wollten sie doch lieber eine schlanke, ja beinahe dünne Frau neben sich haben. Und so war sie seit Jahren Single, lebte in ihrem kleinen 1,5 Zimmer Appartement und ging ihrem langweiligen Job als Kassiererin nach. Ansonsten hatte sie nichts besonderes an sich, nichts was sie aus der Masse heraushob oder einzigartig machte.

Olaf war mittlerweile an die 40 Jahre alt und beruflich als Bankdirektor recht erfolgreich, nur privat sollte sich kein Glück einstellen. Er hatte zwar in den letzten Jahren ein paar Freundinnen, aber so wirklich entwickelte sich nichts Langfristiges daraus. Oft war er hin und hergerissen, zwischen dem was die Gesellschaft als normal empfand und dem, was ihm gefiel. Verkupplungsversuche seiner Freunde scheiterten meist an der Vorstellung, wie eine Frau an seiner Seite zu sein hätte. Denn wenn er abends vor dem Internet saß, landete er unwillkürlich auf Seiten, die Frauen von enormen körperlichen Ausmaßen zeigten. Er konnte sich dann kaum halten und seine sexuelle Gier steigerte sich ins Unermessliche, wenn er daran dachte so eine Frau kennenzulernen.

Und so surfte er tagein tagaus in Foren und Singleportalen, bis er auf SIE stieß. Sonja war nicht sonderlich schön und auch nicht sonderlich dick, aber schon nach kurzer Zeit stellte sich heraus, dass auch sie sehr zwiegespalten war. Denn einerseits wollte die Gesellschaft schlanke bis wohlgeformte Frauen, aber wer entschied denn, was wohlgeformt war? Es dauerte nicht lange und sie offenbarte sich Olaf, dass sie gerne dick gefüttert werden wollte. Dass sie nicht nur die Tatsache – irgendwann dick zu sein sehr erregte, sondern auch, oder gerade der Gedanke, dass sie es für jemanden tat.

Sie schrieben sich ein paar Wochen, lernten sich langsam kennen und stellten immer mehr fest, dass sie nicht nur dieses Thema verband. Auch die Vorstellungen eines gemeinsamen Lebens waren ähnlich, denn Sonja war es überdrüssig allein zu leben und arbeiten zu gehen, nur um sich ihre kleine Wohnung leisten zu können. Sie wollte genauso wie Olaf eine Beziehung, in der die Rollen klar verteilt waren, er sollte das Geld verdienen und sie war da um ihn zu verwöhnen und für ihn da zu sein. Schon bald stand fest, dass sie sich treffen wollten und so suchte Olaf ein gutbürgerliches Restaurant aus, in dem es deftige Mahlzeiten gab. Beide begrüßten sich herzlich und waren recht schnell ins Gespräch vertieft.

»Was hältst Du von der Schweinehaxe, mit Sauerkraut und Bratkartoffeln«, suchte Olaf zielsicher für sie beide das Gericht aus der Karte aus. Sonja ließ sich nicht lange bitten und so schwelgten sie bald in herzhaftem Essen.

»Boah, ich schaff das nicht mehr«, ächzte Sonja bald, sie hatte noch einiges auf ihrem Teller.

»Na das müssen wir aber zügig ändern, wenn was an Dich rankommen soll«, antwortete Olaf mit einem Augenzwinkern.

Er selbst war ein guter Esser, aber trieb auch regelmäßig Sport, so das man es ihm, bis auf das kleine Bäuchlein, nicht ansah. Er war recht zufrieden mit seiner Figur und seine langsam angegrauten Schläfen, machten ihn als Mann noch attraktiver als er es sowieso schon war.

Der Abend verlief noch sehr harmonisch, wie auch die darauffolgenden Tage und Wochen. Auch dauerte es nicht lange und Olaf lud Sonja zu sich nach Hause ein, er kochte hervorragend und so verbrachten sie einige schöne Abende miteinander. Immer öfter blieb Sonja über Nacht, denn auch der erste sexuelle Kontakt zwischen ihnen war recht erfüllend. Olaf hatte zwar einige Schwierigkeiten, denn Sonja hatte nicht annähernd den Körper, den er sich bei einer Frau wünschte, aber das sollte sich ja hoffentlich bald ändern.

Nach drei Monaten war es für Olaf nun an der Zeit Tacheles zu reden. Er lud Sonja zu sich ein, schmückte die Wohnung mit Kerzen, kochte ein hervorragendes Menü, und kredenzte dazu einen trockenen Rotwein. Auf Sonjas Platz drapierte er ein Geschenk, über das er sich lange Gedanken gemacht hatte. Zum vereinbarten Zeitpunkt klingelte es an der Tür und Sonja stand erwartungsvoll davor. Olaf bat sie hinein und nahm ihr, ganz Gentleman, die Jacke ab.

»Oh, wie romantisch«, freute sich Sonja und ließ den Blick schweifen.

»Und ein Geschenk, für mich?«, strahlte sie nun, als sie ihren Platz entdeckte.

Olaf nickte und hieß sie, sich hinzusetzten.

»Liebe Sonja, Du bist mir wirklich eine sehr angenehme Begleitung und ich würde Dich gern öfter an meiner Seite haben, allerdings weißt Du ja um meine Wünsche. Ich möchte jetzt einen Schritt weiter gehen und wollte Dich fragen, ob Du dazu auch bereit wärst?«

Er schaute sie beinahe bittend an.

»Ich dachte schon Du fragst nie«, lächelte sie ihn an.

»Dann mach Dein Geschenk auf«, ermunterte sie Olaf.

Mit zittrigen Händen zog sie am Schleifenband und öffnete das kleine längliche Päckchen. Ihr schossen die Tränen in die Augen und sie schaute Olaf fragend an.

»Aber ich möchte doch gar keine Kinder«, platzte es aus ihr heraus und sie sah Olaf beinahe flehend an.

Der Schwangerschaftstest, den sie gerade ausgepackt hatte, fiel ihr aus der Hand, als sie schluchzend aufsprang und zur Toilette lief. Als sie sich wieder beruhigt hatte, kehrte sie zurück an den Tisch. Olaf saß immer noch genauso da, wie sie ihn verlassen hatte.

»Hör mir bitte zu«, forderte er Sonja auf.

»Auch ich möchte keine Kinder haben, aber dennoch möchte ich, dass Du welche bekommst.«

Nun verstand Sonja gar nichts mehr, wie sollte das denn gehen.

»Mein Freund ist Arzt an einem Institut, das kinderlosen Paaren Leihmütter vermittelt«, erklärte er weiter.

»Du bist genau im richtigen Alter, bist kräftig und gesund und vor allem würdest Du so in ziemlich kurzer Zeit gut an Gewicht zulegen. Mein Freund wird Dich vorher natürlich noch eingehend untersuchen, Dich während der Schwangerschaft betreuen und Dich auch recht zeitnah krank schreiben, damit Du nicht mehr arbeiten musst. Außerdem möchte ich, dass Du zu mir ziehst, Deine Wohnung können wir ja untervermieten, bis wir uns endgültig füreinander entschieden haben«, zwinkerte er ihr zu.

»Und die Geburt? Ich habe Angst vor der Geburt«, fragte Sonja nun mit großen Augen. Das hatte er sich ja schon alles gut ausgedacht.

»Nun, es gibt natürlich einen Haken an der Sache … Solltest Du nicht bis zum Entbindungstermin 30 kg zugenommen haben, wird es eine normale Geburt sein. Ist es mehr, erlösen wir Dich mit einem Kaiserschnitt.«

Er lächelte immer noch, als wenn er gerade über das Menü vom kommenden Wochenende geredet hätte.

»Um Dich aber zu unterstützen, wirst Du ab sofort 6 Mahlzeiten zu Dir nehmen, deren Menge und Gehalt wir langsam steigern werden, bis wir irgendwann auf 12 Mahlzeiten am Tag kommen.«

Sie schaute ihn stirnrunzelnd an, aber er sprach unbeirrt weiter.

»Du hast bis zum Wochenende Zeit darüber nachzudenken, ich kann Dich schließlich nur darum bitten. Aber ich würde mich sehr freuen, wenn Du diesen Weg mit mir gehen würdest. Ach eins noch, ich weiß, dass Du Dir es ganz sicher ab und an selber machst, das unterlass doch in Zukunft bitte. Wenn Du schon nicht die Figur hast, die ich mag, sollst Du doch wenigstens dauergeil sein«, ergänzte Olaf nun und grinste breit.

Das Essen verlief einigermaßen ruhig, beide sinnierten vor sich hin. Nach dem Hauptgang stand Sonja plötzlich auf und kam zu Olaf herum. Sie setzte sich neben ihn und drückte ihm ein Löffelchen mit dem Dessert in die Hand, dann schaute sie ihm tief in die Augen:

»Ich brauche keine Bedenkzeit, ich möchte das genau so, wie Du es gesagt hast und wenn Du magst, fangen wir mit der Befruchtung gleich an. Aber jetzt füttere mich!«

Sie lächelte süffisant. Dann strich sie sanft mit der Fingerspitze über seine Lippen und küsste ihn. Ihm fiel ein Stein vom Herzen und er versank in ihrem Kuss. Danach liebten sie sich wild und hemmungslos.

Es dauerte auch nicht lange und Sonja hatte ein positives Testergebnis vorzuweisen. Sie hatten seit dem Tag ausschließlich ohne Kondom miteinander geschlafen, natürlich nachdem Olafs Freund einen HIV Test gemacht und sie eingehend untersucht hatte. Für ihre Wohnung war schnell ein Untermieter gefunden und ihre wenigen Sachen hatten Platz in Olafs viel zu großem Haus gefunden. Sonja war nun tagsüber zu Hause und verbrachte den Tag damit sich leckere Gerichte aus dem Internet zu suchen, die sie sich und Olaf zu bereitete. Sie achtete darauf das die Mahlzeiten ausgewogen aber reichhaltig waren und so konnte sie schon nach 4 Wochen einen Gewichtszuwachs von 5 Kilo verzeichnen. Dennoch ging ihr das zu langsam und sie bereitete nun alle Gerichte mit extra viel Sahne zu und naschte zusätzlich noch Chips und Schokolade. Auch ersetzte sie Wasser durch Apfelschorle, Eistee und Cola, achtete aber dennoch darauf, dass sie sich einigermaßen gesund ernährte, schließlich sollte das Kind gesund zur Welt kommen.

Nach vier Monaten hatte sie es auf diese Art und Weise schon auf 15 Kilo geschafft. Ihre Brüste wurden schwerer, ihre Hüften breiter, ihr Gesicht runder. Aber dennoch ging ihr alles viel zu langsam, schließlich wollte sie keine normale Geburt ertragen müssen. Denn auch wenn sie nun das werdende Leben in sich spürte, wollte sie das Kind nicht haben, sie wollte einfach nur Olafs Wunsch erfüllen. Deshalb bat sie ihn eines Tages um Hilfe:

»Gibt es nicht eine Möglichkeit noch schneller zuzunehmen?«

Er überlegte kurz und schaute sie an. Er war sehr erfreut über die Fortschritte, die Sonja machte und bewunderte ihren Ehrgeiz.

»Es gibt Nahrungsergänzungsmittel, wie sie Sportler und Gewichtheber nehmen, die haben ziemlich viel Kalorien. Allerdings schmecken die nicht besonders, aber wenn Du magst, gibt es einen Trick wie wir das in Dich hinein bekommen.«

Sie schaute ihn fragend an. Er nahm sein Handy zur Hand und suchte kurz im Internet, dann zeigte er ihr einen Trichter, an dem einen Schlauch befestigt war.

»Aber das müssen wir gemeinsam machen, da wirst Du warten müssen, bis ich von der Arbeit nach Hause komme.«

Und so klickte er auf ʹBestellenʹ und legte das Handy wieder beiseite. Dann nahm er sie fest in die Arme und strich über ihre langsam zunehmenden Rundungen.

»Du machst mich sehr glücklich, weißt Du das?«

Er knöpfte langsam ihre Bluse auf und wog ihre Titten in den Händen, dann drückte er ihre Nippel zusammen und siehe da, es erschien ein Film von weißer Flüssigkeit. Er saugte daran und freute sich schon jetzt darauf, wenn sie endlich ohne zutun tropfen würde.

Mittlerweile war es Winter geworden und Weihnachten stand vor der Tür. Sonja war nun langsam rund und prall geworden und hatte noch drei Monate bis zum errechneten Entbindungstermin. Sie hatte 25 kg zugenommen und hatte nun keine Zweifel mehr die restlichen 5 kg bis zum Termin zu schaffen. Sie aß inzwischen 8 Mahlzeiten am Tag und wurde langsam schwerfällig, aber sie genoss dieses bleierne Gefühl der Unbeweglichkeit. Sie freute sich auf die Feiertage, darauf das ihre Familie zu Besuch kam und das sie mit Freunden ins neue Jahr feiern würde. Ihre Schwester war seit einem Jahr im Ausland und kam nun über die Feiertage zu Besuch, sie hatte zwar mit ihr regelmäßig telefoniert, aber nun würden sie sich endlich wiedersehen. Nur wusste sie noch nicht, wie sie ihr erklären sollte, dass sie das Kind nicht behalten würde, aber sie würde einfach ehrlich sein, schließlich lebte ihre Schwester auch ihr eigenes Leben. Sie würde es schon verstehen.

Und genauso kam es dann auch. Ihre Schwester war zwar über die vielen Pfunde, die sie zugenommen hatte erschrocken, aber sie ließ sich schnell beschwichtigen, weil das auf die Schwangerschaft zurückzuführen sei und sie sich genau so wohl fühlte, wie sie war. Nur die Leihmuttergeschichte nahm sie mit einigem Stirnrunzeln zur Kenntnis. Aber als Sonja ihr erklärte, dass man damit gut Geld machen konnte, war sie einigermaßen beruhigt. Und als ihr Sonja berichtete, dass Olaf ihr einen Heiratsantrag gemacht hatte, freute sie sich einfach nur für das Glück ihrer Schwester. Die Hochzeit sollte im Frühjahr stattfinden, sobald das Kind da war.

Die Wochen kamen und gingen so dahin. Sonja stand kurz vor der Entbindung und hatte durch die Zugabe des Nahrungsergänzungsmittels ganze 35 Kilo mehr auf der Waage, als noch von 9 Monaten. Ihre Titten waren auf das Doppelte angeschwollen, ihr Bauch riesig und ihr Arsch breit. Olaf hätte sie am liebsten den ganzen Tag nur angeschaut und dauerbesamt und bedauerte, dass sie nun bald wieder weniger sein würde. Aber er musste ja nicht allzulange warten, er konnte sie schnell wieder dickfüttern. Der Tag der Entbindung kam und da sie sich den Kaiserschnitt verdient hatte, war das Kind schnell und unkompliziert zur Welt geholt. Sie bekam es gar nicht erst zu sehen, denn es wurde sofort der zukünftigen Familie übergeben.

Nach zwei Wochen war sie wiederhergestellt, hatte aber durch die Geburt 10 Kilo eingebüßt. Ihr Bauch war weich und schlaff und nicht mehr rund und prall. Dafür tropften nun ihre Titten, nach dem Milcheinschuss und sie pumpte nun jeden Tag mehrmals die Milch ab, um sie der Familie die das Kind adoptiert hatte zu übergeben. Olaf rief sie zu sich und hieß ihr sich auszuziehen und sich ihm gegenübersetzten. Mit einigen Mühen kam sie aus ihren Kleidern und setzte sich vor ihn hin.

»Dreh Dich erst, ich will Dich begutachten. Nun nimm Deine Brüste in die Hand und streichel sie, ich will sie tropfen sehen. Und ich möchte, dass du es dir selber machst, denn bald wirst Du das nicht mehr tun können.«

Sie unterbrach ihre gerade begonnene Tätigkeit.

»Wie meinst Du das?«, fragte sie.

»Nun wir wollen Dich doch bald wieder prall und rund haben und der Countdown beginnt jetzt wieder. Derzeit hast Du gerade mal 105 Kilo auf der Waage, wenn Du nach der nächsten Entbindung 130 oder gar 135 Kilo wiegst, wirst Du an Deine Fotze nicht mehr herankommen. Und damit das auch tatsächlich so passiert, werden wir Dir jetzt auch nachts Nahrung zuführen.«

Er merkte, wie sein Schwanz bei diesem Gedanken in der Hose anschwoll. Er nahm ihn heraus und strich sanft darüber.

»Aber erst bläst Du mir mal einen, ich will Deinen breiten Arsch von oben begutachten und Deine Titten an meinem Schwanz spüren.«

Sie zögerte nicht lange und kniete sich vor ihn, um seinen harten Schwanz langsam einzuführen. Er war sehr erregt, denn sie würde bald zu dem Prachtweib werden, das er sich immer gewünscht hatte. Als er sich in sie ergossen hatte, setzte sie sich ihm wieder gegenüber und machte es sich genüsslich selbst, denn auch sie erregte es sehr, bald nicht mehr über ihre Sexualität bestimmen zu können.

Die Hochzeit fand im kleinen Rahmen statt, das Kleid war schlicht gehalten, aber die Braut umso blühender. Sie fühlte sich sichtlich wohl und strahlte das genauso aus. Auch Olaf wirkte glücklicher denn je, hatte er doch endlich seine Traumfrau gefunden. Nun war sie abgesichert, falls ihm mal was passierte. Ihre Wohnung und ihr Job wurden gekündigt, die Zukunft sah für beide vielversprechend aus.

Nach einem Monat war Sonja wieder schwanger. Olaf fickte sie, wann immer er sie greifen konnte, denn der Gedanke sie bald wieder prall und rund zu sehen, ließ ihn nicht los. Auch wurden bald die nächtlichen Nahrungszugaben sichtbar, sie bekam nachts nun alle zwei Stunden flüssige Sahne mit Kakao, morgens nach dem Aufstehen und abends vor dem zu Bett gehen, das Nahrungsergänzungsmittel mit dem Trichter und tagsüber aß sie ordentliche Portionen gesunder aber dennoch gehaltvoller Nahrung. Sie waren nun über ein Jahr zusammen und Sonja hatte gute 45 Kilo zugenommen, das war recht stattlich, aber noch lange nicht das Endergebnis. Zwei bis drei Schwangerschaften würde sie noch über sich ergehen lassen müssen, denn erst wenn sie sich nicht mehr selbstständig bewegen konnte, würde er Ruhe geben.

Bis dahin war es aber noch ein langer Weg, aber er ließ sich noch ein besonderes Schmankerl einfallen. Es sollte eine Überraschung sein, er beauftragte einen Handwerker, seinen Keller auszubauen und Sonja durfte nun nicht mehr hinunter. Er ließ dort ein breites Bett bauen, dass höhenverstellbar war. Darüber wurde eine Art Galgen gebaut, wie er an Krankenhausbetten zu finden ist. So wollte er gewährleisten, dass Sonja später, wenn sie dazu nicht mehr in der Lage war, aufgerichtet werden konnte. Als Nächstes wurde eine riesige Badewanne mit Whirlpool neben dem Bett installiert, in die Sonja dann mit einer Art Kran gehoben werden konnte. Zur Unterhaltung ließ er einen großen Flachbildschirm an die gegenüberliegende Wand anbringen und das Zimmer mit einem Dolby- Surround- System ausstatten. Auch wurde ein Überwachungssystem angeschlossen, so das er jederzeit nach ihr sehen konnte, auch wenn er gerade auf Arbeit war. Er stellte, zusätzlich zu seiner Putzfrau, eine Hauswartsfrau ein, die nun für Sonja kochte und ihr bei ihrer täglichen Körperpflege half. Denn sie sollte sich nur noch so wenig wie möglich bewegen, aber dennoch regelmäßig zu ihren Mahlzeiten kommen. Sonja sollte es an nichts fehlen.

Als alles fertig war, führte er Sonja mit verbundenen Augen in den Keller und ließ sie auf dem Bett Platz nehmen. Ihr Körper war schon wieder wohlgerundet und prall, so das es ihr nicht leicht fiel mit ihren mittlerweile 140 kg auf das Bett zu kommen.

»Leg Dich hin und schieb das Kleid hoch«, befahl Olaf ihr und sie gehorchte. Nun lag sie da, ein Berg von Mensch, massig, prall und in seinen Augen sehr wohlgeformt. Er kam zu ihr und drückte ihre Beine auseinander. Dann riss er ihr mit einem Ruck den Slip herunter und sah, dass ihr Schamlippen schon wieder nass glänzten. Er strich darüber und steckte ohne Vorwarnung seine Hand hinein. Sie stöhnte auf, was war sie nur für ein geiles Weib, langsam aber zielführend drehte er seine Hand in sie hinein, bis sie ganz verschwunden war und er sie zur Faust ballen konnte. Mit der anderen Hand drückte er auf eine Fernbedienung und plötzlich erschienen sie beide auf dem Bildschirm.

»Schau Dir, an was Du für eine geile Sau bist«, forderte er sie auf, über ihre prallen Milchtitten und den geschwollenen Bauch hinüber, auf den Bildschirm zu sehen.

»So wird Dir das in Zukunft öfter ergehen und wenn die Zeit reif ist, werden wir diese Aufnahmen im Internet veröffentlichen.«

Dieser Gedanke brachte Sonja beinahe zur Raserei, sie massierte ihren dicken Titten, so das die Milch herauslief, und bewegte ihr Becken um seine Hand herum, so gut es ihr möglich war. Es dauerte auch nicht mehr lange und sie kam zum Orgasmus, laut und ekstatisch. Danach zog er seine Hand aus ihr heraus und massierte ihren Bauch, er liebte dieses prallen Gefühl, die feste Haut und hoffte, das sie auch nach den Schwangerschaften wieder so prall und fest gefüttert werden könnte. Dann schob er seinen harten Schwanz in sie hinein und ergoss sich nach kurzer Zeit in ihr. Als er erschöpft neben ihr lag, fragte er:

»Gefällt es Dir?«

»Na ja, es ist sehr praktisch, aber ich hab ja noch ein wenig Zeit es mir schön zu machen. Aber sag mir, wie lässt sich das vereinbaren, dass Du Dich mit mir filmen lässt. Was, wenn einer Deiner Mitarbeiter so einen Film entdeckt?«, schaute sie ihn fragend an.

»Oh nicht ich werde auf den Filmen sein, schließlich gibt es genug Männer die dafür einen ordentlichen Batzen Geld hinlegen, nur um eine schwangere Frau vögeln zu können. Aber Du wirst auch nur noch zwei bis drei Schwangerschaften mitmachen müssen, denn mit Ende Dreißig ist das Risiko dann bald zu groß. Und wenn Du dann Deine 200 Kilo auf die Waage bringst, werden wir uns vor Angeboten eh nicht mehr retten können, denn das ist dann tatsächlich eine kleine Sensation.«

Und tatsächlich, hatte Sonja nach der vierten Schwangerschaft die magische Zahl geschafft. Sonja aber fühlte sich nun beinahe leer. Sie war zwar nun inzwischen fett und unbeweglich, aber ihr fehlte das pralle Gefühl und die Bewegungen in ihrem Körper. Deshalb bat sie Olaf:

»Bitte fick mich noch öfter dick, mein Körper wird schon von alleine aufhören schwanger zu werden. Aber solange möchte ich Dir als Zuchtstute zur Verfügung stehen.«

Ihr Arzt beobachtete das zwar mit einiger Besorgnis, aber da ihre Werte noch recht passabel waren, stimmte er einer erneuten Schwangerschaft zu. Die Filmverkäufe liefen rasend gut, die Angebote männlicher Besamer waren reichlich und Sonja fühlte sich erotischer denn je. Olaf war sehr stolz auf das, was er da geschaffen hatte und vögelte

Sonja, so oft er konnte. Nach der sechsten Schwangerschaft streikte Sonjas Körper, sie wurde und wurde nicht mehr schwanger. Da sie aber inzwischen 260 kg wog, war das auch nicht weiter schlimm. Die Nahrungsergänzung hatte er schon vor zwei Jahren eingestellt und auch die nächtlichen Weckaktionen gehörten der Vergangenheit an. Sonja sollte jetzt nur noch ihr Leben genießen und essen, wann sie Lust dazu hatte. Und die hatte sie, die Portionen waren immer noch ordentlich, sie stopfte voller Euphorie die kalorienreiche Nahrung in sich hinein und lief zur Höchstformen auf, wenn Olaf ihr währenddessen die selbe Menge Essen in die Fotze schob. Ganze Hühnerbeine nahm sie vaginal in sich auf, gefolgt von cremiger Sahnetorte, so das es schmatzte und flutschte. Sie ließ sich ganze Sprühdosen Schlagsahne hineindrücken und löffelte währenddessen noch warmen Schokopudding. Sie konnte und wollte nicht aufhören gemästet zu werden.

***

Und so war wieder eine meiner Fantasien zu Papier gebracht und landete im Ordner Geschichten. Es fühlte sich befreiend an, denn nun war es einmal heraus aus meinem Kopf, aber dennoch jeder Zeit abrufbar.

Kapitel 11

Mein Leben lief ansonsten so dahin, ich nahm mit, was mir über den Weg lief und war auch gar nicht so unglücklich darüber. Mittlerweile kannte ich so ziemlich jeden, der in der Szene unterwegs war und wenn es nur flüchtig war.

So auch Master Campino. Ich war ihm ein oder zwei Mal begegnet, wusste auch, dass er in einer festen Beziehung war, aber da er SM-Filme produzierte auch immer auf der Suche nach Mädels war, die mit ihm drehten. Ich fand ihn ganz sympathisch, aber eigentlich uninteressant, da ich nie wieder eine zweite Geige spielen würde und in SM Filmen würde ich ganz sicher nicht mitspielen.

Genau das antwortete ich ihm auch, als er mich anschrieb und fragte, ob wir uns nicht einmal treffen wollten.

»Du bist da nicht ganz auf dem Laufenden liebe Siri, ich lebe seit einem viertel Jahr allein und Du wärest auch ganz sicher keine Frau, die ich um einen Filmdreh bitten würde.«

Ich willigte also ein, ihn wenigstens mal etwas genauer unter die Lupe zu nehmen. Wir trafen uns in einem Café, weit entfernt der Szene und es war ein sehr entspannter Abend. Er war ihrer genauso müde wie ich, dieser Willkür, dieser Oberflächlichkeit, dieser Unverbindlichkeit. Wir waren wohl beide an einem Punkt in unserem Leben angekommen, an dem wir zurückschauten und es satthatten, zu kämpfen für ein wenig Glück. Es menschelte zwischen sehr uns.

»Liebe Siri,

das war ein ausgesprochen schöner Abend mit Dir, vielen Dank dafür. Hier nun meine Adresse und sicherheitshalber und weil ich finde, dass Du sie haben solltest, meine Telefonnummer. Und es ist schön, Dich am Sonntag schon wiederzusehen, mach mal schönes Wetter! Das wirst Du doch wohl hinkriegen!

Schlaf gut und liebe Grüße

Campino«

Kein Master, kein gestelztes Benehmen, einfach Campino. Jedes unserer Treffen war einfach entspannt, wir konnten lachen und stundenlang plaudern, kannten wir beide doch überall die gleichen Leute und wussten, wovon der andere sprach. Es lästerte sich hervorragend mit ihm und ich war nicht wenig erstaunt, wie gut er doch bescheid wusste und das, obwohl er kaum in der Öffentlichkeit unterwegs war. Der Buschfunk funktionierte eben. Natürlich redeten wir auch viel über uns, was wir wollten, was wir von uns und anderen erwarteten. Auch unsere Wünsche und Träume kamen dabei nicht zu kurz und so waren die Sonntage bald ein fester Bestandteil meines Lebens. Wir trafen uns und schlenderten über Trödelmärkte, am Ufer der Spree entlang, machten Radtouren oder gingen Eis essen.

Ich mochte ihn und seine Art. Er war offen und direkt und hielt natürlich auch nicht lange damit hinterm Berg, dass er mich gern in seinem Keller haben würde. Er lebte in einem Haus am Rande Berlins, das Dachgeschoß war sein Wohnbereich, ebenerdig seine Firma und der Keller war zu einem regelrechten Folterraum ausgebaut, in dem sich einem schon beim Betreten die Nackenhaare kräuselten. Es fehlte an nichts, man fand dort alles, was das Herz begehrte, ein Traum für jeden SMler.

Und nun war es wieder einmal an mir mich zu entscheiden, wollte ich mich auf ihn einlassen? Rein optisch war er nicht gerade der Mann meiner Träume, aber er ruhte in sich und war ein Gentleman durch und durch. Ich wusste, dass sich Liebe aus sehr vielem entwickeln kann. Intelligenz gehört dazu und davon hatte er genug und er erinnerte mich sehr an meine Exchef Dirk. SM-Erfahrungen hatte er schon über 15 Jahre als Filmemacher und privat, seitdem er denken konnte. Aber genau deshalb hatte ich auch einen riesigen Respekt vor ihm. War ich dem gewachsen? Aber er betonte immer wieder, dass er sich zwar eine Beziehung ohne SM nicht vorstellen könne, aber dieser Aspekt zweitrangig wäre, da man sich ja mit einander entwickeln würde und die menschlichen Dinge doch im Vordergrund stehen würden. Ich haderte mit mir und entschied mich letztendlich dafür mich darauf einzulassen. Denn ich vertraute ihm, dass er genau wegen seiner Erfahrung wusste, worauf er sich einließ.

Wehmut längst vergangener Lieben,

abschließen mit der Vergangenheit,

ungewollt

unter Tränen,

wissend das es keine zurück gibt.

Schönheit die man sieht tut weh,

sie ist überheblich,

unreif

lässt verzweifeln,

sie verdient es nicht geliebt zu werden.

Horche still in mich hinein,

bereit mich erneut hinzugeben,

unfrei

mich öffnend,

anders als gewohnt in mir ruhend.

Mich in die Hände der Erfahrung begebend,

vertrauen auf mein und sein Wissen,

unverblümt

gemeinsam entdecken,

schauen was hinter der Fassade steckt.

Ich betrat also erstmals seinen Keller in dem Bewusstsein, dass ich ihn nicht nur besichtigen würde. Meine Nackenhaare stellten sich auf und trotz meiner jahrelangen Erfahrung fühlte ich mich unsicher. Es war als wenn ich zu einem Vorstellungsgespräch geladen war und nun meine Qualitäten vorweisen sollte. Er spielte auf mir wie auf einem Instrument, probierte alle Saiten und testete, ob sie gestimmt waren. Er war halt Profi und wollte schauen, was er sich da an Land gezogen hatte. Auch ließ er mich unverblümt wissen, dass ich mich sofort anziehen und nach Hause gehen könne, wenn ich die 100 Schläge mit dem Rohrstock nicht aushalten würde. Ich biss also die Zähne zusammen und hielt durch, denn jeder Schlag saß und war stärker, als ich es jemals zuvor erlebt hatte. Von Geilheit war ich weit entfernt, jedenfalls der im Kopf, mein Körper genoss das trotzdem auf wundersame Weise. Und wohl genau deshalb hatte ich wohl alle Prüfungen bestanden, denn Campino war begeistert und lobte mich.

Ich fühlte in mich hinein, aber da war nichts, keinerlei Emotionen, alles lief irgendwie mechanisch ab, sowohl bei ihm als auch bei mir. Aber war es nicht genau das, was ich wollte? Emotionen konnten nur verletzt werden, die Wunden heilten schwer und vernarbten nur. Der Körper zeigte jedoch eine andere Wirkung, hielt da einfach viel mehr aus und strotzte vor Geilheit. Es war eine völlig neue Erfahrung für mich.

Allerdings bewirkte auch genau diese, seine Art bei mir, ihm zu beweisen das ich meinem, mir anscheinend vorausgeeilten, Ruf gerecht wurde. Ich weiß nicht wie er dazu kam, denn ich hatte in den letzten Jahren nur ein paar mal in der Öffentlichkeit gespielt, aber er wusste wie von anderen eben auch, so einiges von mir. So eben auch, dass ich wohl eine Menge aushielt und ziemlich hart im Nehmen war. Wenn er mir das nicht gesagt hätte, hätte ich es nicht einmal gewusst. Ich beurteilte noch nie nach höher – schneller - weiter, sondern danach wie es sich anfühlte.

Dann wiederum genoss ich seine kleinen Aufmerksamkeiten sehr, er umgarnte und umwarb mich, wo er nur konnte. Außerhalb seines Kellers war er sehr charmant und weltgewandt und wusste, was Frauen wollten. So ließ ich mich gern auf seine Schmeicheleien ein. Auch alberten wir sehr viel herum, beinahe kindisch, aber auch sehr belustigend. Nur in seinem Keller war er dann der Master Campino, den er auch in seinen Filmen darstellte und über den er sich ansonsten auch gerne lustig machte.

Mir waren diese Diskrepanzen sehr suspekt. Denn mir viel es schwer, lachend in den Keller zu gehen und sobald sich die Tür hinter mir schloss ergeben vor ihm zu knien und still zu halten, bei dem, was er mit mir tat.

Es dauerte auch nicht lange und er bemängelte mein Verhalten. Ich zeigte mich nicht dankbar genug. Wo er sich doch mir widmete und mir seine Zeit opferte, so könne ich das doch auch gebührend würdigen. Auch hatte ich von mal zu mal mehr Schwierigkeiten, meine Geilheit nicht nur mit dem Körper, sondern auch mit dem Kopf in Einklang zu bekommen. Mir fehlte einfach Dominanz. Mein Körper konnte einfach viel mehr vertragen, wenn er wusste wofür. Sicher, ich sollte das für ihn, Master Campino ertragen. Aber er wollte, dass ich es nicht nur ertrug, sondern Spaß daran hatte. Er war Sadist, er hatte Freude daran anderen Schmerzen zuzufügen und wollte, dass das Gegenüber genauso Freude daran hatte und es auch zeigte. Ich versuchte ihm auch zu erklären, was D/S für mich bedeutete und wie wichtig es für mich war auf eine Session vorbereitet zu werden, aber wie erklärt man einem Blinden das Sehen?

Da Campino aber immer wieder betonte, dass SM nicht das Wichtigste in einer Beziehung ist, konzentrierte ich mich auf seine menschliche Seite. Mittlerweile übernachtete ich sogar von Sonntag auf Montag bei ihm und wir verbrachten auch ein bis zwei Abende in der Woche miteinander. An diesen Abenden gingen wir meist auf Partys, die von einem Veranstalter bei Facebook organisiert wurden. Jeder

der in seiner Gruppe war, konnte zu diesen Partys kommen und so gingen wir mit Freunden auf diese Partys, die in den skurrilsten Locations stattfanden. Mal wurde eine neue Bar eröffnet oder wir fanden uns in der PanAm-Lounge wieder. Auch eine alte Fleischerei, deren Schlachtraum zu einer Bar umgebaut worden war, in die man durch eine rote Telefonzelle steigen musste, aber auch Hotellobbys oder Loungen waren der große Renner. Man bekam jedes mal ein Begrüßungsgetränk, manchmal Kanapees, oft trat eine Band auf. Ab und an traf man sogar Prominenz und Fernsehsternchen aus Hartz-IV-TV die ich nicht kannte, da ich, seit Jochen keinen Fernseher mehr hatte. An einem dieser Abende schlenderten wir durch das Hotel, das dieses Mal bunt und asymmetrisch und deshalb sehr sehenswert war. Auf einer Dachterrasse begutachteten wir den Blick über Berlin und tranken unser Begrüßungsgetränk. Es bestand aus Prosecco mit Holunderblütensirup und hatte die Farbe von sattem Morgenurin. Campino und ich hatten denselben Gedanken und sobald mein Glas leer war, schob er meinen Rock hoch und hieß mich das Glas wieder zu füllen. Wir verglichen die Gläser und tatsächlich die Farbe unterschied sich kaum, obwohl es doch am Abend war. Nachdem mein Getränk abgekühlt war, schlenderten wir wieder zurück in die Lobby und gesellten uns zu unseren Freunden an die Bar. Campino bedeute mir nun aus meinem Glas zu trinken, was ich auch artig tat. Allerdings schaffte ich nur die Hälfte, und bat ihn mir ein Neues zu bestellen. Meine Freundin schaute mich verständnislos an:

»Aber Du hast doch noch?«

»Ja, klar aber das ist inzwischen pisswarm«, antwortete ich und musste aufpassen nicht loszuprusten. Plötzlich rümpfte sie die Nase:

»Was riecht denn hier so komisch.«

Campino schaute sie ernst an:

»Na vielleicht machen die hier auch diese neuen Herings-Cocktails, der Renner dieses Jahr.«

Nun war es um mich geschehen und ich lachte laut los. Meine Freundin schaute noch verwirrter. Der Abend war auch weiterhin noch sehr schön, ein wirklich guter Musiker trat auf, so dass auch diese After-Work-Party ein voller Erfolg war.

Wir unterhielten uns ansonsten auch sehr viel über unsere schmutzigen Fantasien und stellten immer mehr fest, dass wir wenig bis gar nichts pervers empfanden, das alles irgendwie mal ausprobiert werden müsste und so durfte ich auch weiterhin nach Mädels Ausschau halten, mit denen man gemeinsam spielen konnte. Auch kamen wir immer öfter auf das Thema Milchtitten zu sprechen, denn Campino hatte sogar eine Melkmaschine in seinem Keller, als Leihgabe einer Freundin, ich sagte bereits, dass dort kein Auge trocken blieb. Um aber so viel Milch zu haben um an so eine Maschine angeschlossen zu werden, musste irgendwie Milch in meine Titten kommen. Mein Sohn war 20 Jahre alt, auf natürlichem Wege war das also ausgeschlossen. Aber es gab Tabletten, die mit zusätzlichem Pumpen den Milchfluss in Gang brachten. Über das Internet ist so ziemlich alles erhältlich und so bestellte ich mir, auf Campinos Anweisung hin, eine elektrische Pumpe und die Tabletten in einer schweizer Onlineapotheke.

Die bestellten Sachen kamen und ich fing auch sofort an die Tabletten zu nehmen und dreimal täglich fleißig zu pumpen.

Es dauerte auch nicht lange und ich bekam etwa 30 Milliliter herausgepumpt. Es war unglaublich, ich war 43 Jahre alt und hatte Milch in meinen Brüsten. Das Gefühl war einfach unglaublich, denn schon als ich damals meinen Sohn stillte, zog es mir währenddessen bis in den Schritt. Auch hatte ich noch gut in Erinnerung, wie es sich anfühlte, wenn die Milch in die Brust einschoss. Neu war allerdings, das sie das tat, wenn irgendwo ein fremdes Baby schrie. Ich fühlte mich so schmutzig, so pervers und so gut damit und fand es wunderbar, dass Campino das auch gefiel.

Inzwischen war es Sommer und mein Urlaub stand an. Ich wollte wie immer mit Freunden campen an die Ostsee, da Campino aber nichts

148

von campen hielt, mietete er ein Appartement in einer Villa gleich
einen Ort weiter. So verbrachte ich eine Woche mit meinen Freunden,
eine Woche alleine auf dem Campingplatz und eine Woche mit Campino in der Villa. Wir schlenderten am Strand entlang, machten Fahrradtouren, aßen in niedlichen Restaurants mit Blick aufs Meer und
genossen unseren Urlaub. Nur SM-technisch fanden wir irgendwie
keine richtige Einigung. Wobei mir seit einiger Zeit schwer im Magen
lag, das Campino eine ganz spezielle Vorliebe hatte, die so ziemlich
auf meiner, kaum noch existenten, Tabuliste als beinahe einziger
Punkt übrig geblieben war: Anal. Und auch in diesem Punkt gab es
bei ihm nur höher – schneller – weiter. Sein erklärtes Ziel war tatsächlich mich irgendwann anal zu fisten, erst dann wäre ich quasi seiner
würdig. Mit diesem Fetisch war er an meiner Vorstellungsgrenze
angelangt und so versuchte ich dem irgendwie zu entkommen. Immer
wenn es auf dieses Thema kam, wand ich mich wie ein Aal, erklärte
ihm, dass ich das nicht wollte und selbst anales Vögeln schon zu viel
des guten für mich war. So endete unser letzter Urlaubstag mal
wieder in Diskussionen um ein Thema, dass doch eigentlich, laut
seiner Aussage, nicht das Wichtigste in einer Beziehung sein sollte
und ließ uns beide mit einem unguten Gefühl aus dem Urlaub wieder
kommen.

Ich hatte die Befürchtung, dass Campino nun alles hinschmiss, und
versuchte ihm zu erklären, wie es in mir aussah. Danach schrieben wir
uns lange Emails, denn bisher lief zwischen uns SM-technisch alles
ziemlich holprig, unbefriedigend und unausgefeilt. Er ging zum
Glück darauf ein und schrieb mir, wie wichtig ihm dieses anal war
und wie existenziell für unsere Beziehung es nun sein sollte, das ich es
zuließ, Spaß daran hatte und ich ihn sogar darum bat. Ich könne ihm
doch so meine Unterwürfigkeit beweisen und mich quasi von ihm
dominiert fühlen, weil ich etwas zuließ was ich nur ihm zu liebe tat.
Er fand zwar das wir SM-technisch so gar nicht zusammen passten,
aber da alles andere so gut lief, wir uns doch beide bemühen sollten
daran zu arbeiten und er sich nun Gedanken machen würde, wie wir
aneinanderwachsen und uns entwickeln könnten.

Endlich ging er auch darauf ein, mich mehr zu dominieren, auch wenn er damit schon wieder höher – schneller – weiter wollte und nun unseren freundschaftlichen Kontakt eingeschränkt werden sollte. Irgendwie gelang ihm schwer ein Mittelweg. Aber ich ließ ihn, denn es kam mir ja auch sehr gelegen und zu viel Dominanz hatte ich noch nicht erlebt. Er gab mir fortan Aufgaben, erst sollte ich mir über ihn Gedanken machen und 6 Dinge sowie sexuelle Verhaltensweisen aufschreiben, die ihm wichtig waren.

Ich kannte ihn inzwischen so gut, dass ich nicht lange überlegen musste:

Anal

Fisten

Abspritzen

Geweitete Löcher

Stöckchen

Abgebundene Titten

Milchtitten

Whisky

Die Verhaltensweisen waren recht schnell analysiert:

Er wollte,

- dass mir gefiel, was ihm gefiel und dass ich ihm das auch zeigte.

- dass ich ihm gegenüber absolut loyal wäre und das auch nach außen zeigte.

- dass ich an seinem Leben, seinen Gefühlen und seinen Bedürfnissen Anteil nahm und Interesse zeigte.

- dass ich mich ihm zugehörig fühlte.

- dass ich ihm gegenüber absolut treu war, ihm aber im Gegenzug Polygamie zugestand, da er die zum Filme drehen brauchte.

- dass ich seine Befehle und Anordnungen ohne jegliche Diskussion ausführte.

- dass ich meine verdorbenen und versauten Gedanken immer mit ihm teilte.

-dass ich ihn in dem was ich in seiner Abwesenheit tat, Anteil haben ließ.

Außerdem wollte er nun täglich einen Bericht von mir, in dem ich ihm meine Gedanken und Gefühle schilderte. Er ordnete an, dass ich mich in Zukunft anal zu spülen hätte, bevor ich bei ihm erscheine und das ich mich nur noch selbst befriedigen dürfte, wenn ich mir irgendetwas in den Hintern schob. Auch bestimmte er, dass ich mit analen Dehnungsübungen beginnen sollte und wie oft ich meine Milch abzupumpen hätte. Er hatte sich also zur Aufgabe gemacht, mir meinen Platz zu zeigen und eben nicht nur in seinem Keller der Master zu sein. Denn das war die Voraussetzung, da er nun doch wollte, dass SM einen größeren Rahmen in unserer Beziehung einnahm.

Und es funktionierte, es funktionierte hervorragend. Wir lernten uns besser den je kennen und gelangten bald auf ein spielerisches Niveau, wie ich es noch nie erlebt hatte. Das alles verband er mit unseren Ausflügen, die wir immer noch an den Sonntagen unternahmen. Einmal fuhren wir an einen See, um spazieren zu gehen. Es war ein warmer Spätsommertag und die Gegend in die wir fuhren sehr einsam. Die Bäume fingen schon an sich herbstlich zu färben, dafür standen die Brennnesseln in saftigem grün herum.

»Zieh Deinen Rock hoch«, befahl Campino mir.

»Und stell Dich dort an den Baum und keinen Laut will ich hören«, fügte er noch hinzu.

Dann schlug er mit den frisch gepflückten Brennnesseln zu, zielsicher und hart. Ich versuchte nicht wegzuzucken oder einzuknicken, die Schläge an sich waren gar nicht so schlimm, es zeckte etwas. Der eigentliche Schmerz kam später, das Brennen der Nesseln auf meiner Haut. Es zeigten sich auch sogleich Pusteln, die anschwollen. Nachdem er genug hatte, durfte ich meinen Rock wieder hinunter ziehen und wir liefen weiter, als ob nichts gewesen wäre.

»Ach sieh mal, da kann man ins Wasser, magst Du Deine geschundene Haut etwas abkühlen?«

Campino schaute mich fragend an. Das ließ ich mir natürlich nicht zweimal sagen und schlüpfte schnell aus meiner Kleidung. Allerdings bereute ich meinen Übereifer schnell, denn sobald die Pusteln mit dem Wasser in Berührung kamen, brannten sie nun das zweite mal. Ich kreischte auf. So schnell wie ich im Wasser war, wollte ich wieder hinaus.

»Sagte ich nicht- keinen Laut? Du bleibst da jetzt schön drinnen und kühlst Dich ab«, befahl Campino beinahe süffisant, denn er wusste natürlich um die Wirkung des Wassers nach den Brennnesseln.

Ich biss die Zähne zusammen und schwamm ein wenig um mich abzulenken, das nahm ihm natürlich den Reiz und ich durfte wieder an Land. Später mussten wir beide darüber lachen, denn die Idee war einfach zu gut.

Aber er ging sadistisch oft weit über meine Grenzen und ich fragte mich so manches mal, ob ich mir das wirklich antun sollte. Dennoch war ich süchtig danach ihm zu beweisen, dass ich es schaffte – für ihn.

Wir zeigten uns nun auch öfter in der Öffentlichkeit und zeigten der breiten Masse, was SM bedeutete. An einem Abend gingen wir in diesen Schwulen-SM-Club, der in einer Fabriketage, sehr martialisch und extrem praktisch ausgebaut war. Nachdem wir uns umgeschaut und bei anderen Lust geholt hatten, beorderte er mich an die Sprossenwand. Kaum hatten wir den Raum betreten, sammelten sich um uns herum Zuschauer, die tuschelnd darauf warteten was Master

Campino denn nun mit mir anstellen würde. Jeder kannte ihn durch seine Filme und jeder kannte mich aus Wendys Wohnzimmer. Und mir machte es nichts aus! Was mir bei Johann damals nicht gelang, ging nun bei Campino ganz leicht, ich konnte das öffentliche Spiel, das ich doch so sehr liebte, endlich wieder genießen. Aber das lag auch maßgeblich daran, das Campino mich nicht demütigte oder erniedrigte, sondern beinahe auf Augenhöhe behandelte.

Ich lehnte mich also rücklings gegen die Wand und Campino schlug, in seine bekannten Art auf meine Titten, so fest mit der Hand das mir die Milch herausspritzte. Als Nächstes setzte es Hiebe mit dem Rohrstock auf den Venushügel, dreißig, wie angedroht, hart und gnadenlos. Ich verzog keine Miene und auch wenn mir die Tränen in die Augen schossen, schaute ihm tief in die Augen, als er mich prüfend ansah. Zur Belohnung küsste er mich.

»Jetzt dreh Dich um, jetzt ist Dein Arsch dran«, zischte er mir zu und ich tat wie befohlen.

Ohne vorzuwärmen und ohne innezuhalten, bearbeite er nun meine Hintern mit dem Rohrstock. Zum Glück war ich ja darauf vorbereitet und zum Glück war ich das ja inzwischen gewohnt. Ich konnte es also genießen, mein heiß geliebtes Stöckchen zu spüren, auch wenn ich es auf diese Weise schon gerne mal verfluchte. Als ich mich wieder umdrehte, waren wir beide fast alleine in dem großen Raum, das war den meisten wohl doch zu viel des guten. Und das Getuschel, als wir den Vorraum betraten, ebbte schlagartig ab, so ahnten wir jetzt schon, dass wir noch eine Weile Gesprächsstoff bleiben würden.

Inzwischen waren wir vier Monate zusammen und hatten uns nach drei recht holprigen Monaten sehr gut eingespielt, nur hielt mich Campino nun fortan immer mehr aus persönlichen Dingen heraus. Ich erfuhr nichts mehr über seinen Tag oder wie es ihm ging, er reduzierte mich ausschließlich aufs Spiel. Auf meine Nachfrage hin wurde ich aufgeklärt, dass er das absichtlich tat, weil er es als Teil meiner Erziehungsmaßnahme ansah. Er konnte also wieder keinen Mittelweg gehen. Absolut gegensätzlich war aber seine Forderung, dass ich mich endlich emotional auf ihn einlassen sollte, denn ich fuhr immer noch mit angezogener Handbremse. Ich hatte einfach Angst, dass ich ihm doch irgendwann nicht genügen würde, er mich wegschickte und ich dann zusätzlich noch mit kaputtem Herzchen zurückblieb. Mir fehlten nun unsere gemeinsamen Grillabende und treffen mit Freunden, er reduzierte mich allein auf den Keller, wie sollte ich da meinen Emotionen freien Lauf lassen?

Ich weitete also meine Berichte auch auf den normalen Tagesablauf aus, da ich ja nicht wollte, dass er mich reduzierte. Er nahm das wohl zur Kenntnis und kommentierte dann auch bald. Aber von ihm erfuhr ich nur noch das Notwendigste, wann er mich dahaben wollte und was ich vorher alles zu erledigen hätte. Mittlerweile spielte er auch in seinen Wohnräumen mit mir, legte mich rittlings über seinen Sessel und vögelte mich anal, was er mittlerweile nun nur noch ausschließlich tat. Vaginal gab es nur noch seine Hand, mal zusätzlich, mal separat. Ich durfte es mir zu Hause nur selbst machen, wenn ich mich anal dehnte und so machte es mir mittlerweile auch nichts mehr aus, eben alles eine Frage der Technik.

Ein ganz spezielles Schmankerl war seine Whisky-Sammler-Leidenschaft. Er hatte einen ganzen Schrank voll mit wohlschmeckendem schottischen Whisky, rauchig und alt. Überall wo man in seinem Wohnbereich hinsah, standen verschiedenste Whisky Flaschen, von alltagstauglich bis sehr hochwertig. Aber er trank ihn nicht nur, sondern benetzte seine Hand mit Whisky, bevor er mich damit fistete. Ich konnte recht bald am Brennen erkennen, welche Sorte es war, noch ein wenig weiter und wir hätten bei ´Wetten das` auftreten können.

Dadurch das Campino seine Filme drehte, waren immer mal irgendwelche Mädels da, teils um sich casten zu lassen oder auch nur, weil sie ihn anhimmelten und sich wie Groupies anboten. Ab und an fiel dabei auch mal was für mich mit ab, oft als kleine Überraschung. Mir gefiel das natürlich sehr gut, zumal ich ja gerne mal mit einem Mädel spielte. Sie mussten mir dann erzählen, was er alles mit ihnen angestellt hatte und mir fiel immer mehr auf, das er mit allen das Gleiche

154

tat. Egal wer es war, sie mussten das Gleiche sagen und das Gleiche tun, das überraschte mich doch sehr. Es war also quasi egal, wen er da vor sich hatte, sie waren alle austauschbar. War ich das am Ende auch? Allerdings blieb nie eine über Nacht, deshalb war ich umso erstaunter, als ich eines morgens in meinen Bademantel stieg und meine Ärmel hochgekrempelt sah.

»Oh da hat wohl etwas Kleines drin gesteckt«, fragte ich ihn stirnrunzelnd.

»Achja, da hat sich letztens eine nach dem Dreh geduscht und drin eingekuschelt«, winkte er ab.

Ich glaubte und vertraute ihm, dass er mir sagen würde, wenn es neben mir noch jemand anders geben würde.

Irgendwann sah Campino es wohl ein, dass wir uns ziemlich einseitig entwickelten und ich lernte seinen besten Freund Dieter Krause auf sehr skurrile Weise kennen. Sie kannten sich schon seit vielen Jahren, hatten privat und geschäftlich zu tun und tauschten sich über so ziemlich alles aus. Nur die Frauen nicht, deshalb war ich umso erstaunter über diesen Abend. Ich kam nicht umhin öfter Telefonate zwischen den Beiden mitzuhören und fand die abfällige Wortwahl, in der sie über andere Frauen sprachen, oft sehr unschön, ja beinahe primitiv. Bisher kannte ich Dieter nur aus Erzählungen, mit diversen Weibergeschichten, denn obwohl er wohl alles dafür tat, blieb keine lange bei ihm. Als ich Dieter nun kennenlernte, verstand ich auch sofort warum.

Es war wieder einer der Nachmittage, an denen ich zu Campino eingeladen war. Wie immer erfuhr ich vorher nicht, was er mit mir vorhatte und so wunderte ich mich auch nicht, als er mich gleich nach meiner Ankunft ins Bad schickte um mich zu duschen, spülen und umzuziehen. Dann schickte er mich in den Keller und platzierte mich mit verbundenen Augen und auf den Rücken gefesselten Händen auf einen Stuhl in die Mitte des Raumes. Dort wartete ich nun mit fast nichts, außer meinem kleinen Korsett gekleidet und versuchte zu horchen, was da oben vor sich ging. Ich hörte die Türklingel und getrappel, hörte Teller klappern und roch Kaffeeduft. Dann war Ruhe, nichts zu hören, denn ich war zwei Etagen unter ihnen. Ich hatte keine Ahnung, wie viele es waren. Selbst als nach gefühlten Stunden, sich die Tür zum Keller öffnete, konnte ich das nicht ausmachen.

»Ja guck Dir diese geile Drecksau an, da hat sie den ganzen Stuhl nassgesabbert«, waren Campinos erste Worte, nachdem er den Raum betreten hatte.

Dann spürte ich, wie mich Hände befühlten. Es waren weiche weibliche Hände, die zart streichelten und vorsichtig zugriffen.

»Du kannst da auch richtig zupacken«, hörte ich Campino als Nächstes sagen und spürte, wie er mir in die Titten kniff.

»Oh die tropft ja aus ihren Titten«, hörte ich nun eine unbekannte weibliche Stimme sagen. Dann spürte ich, wie weiche Lippen an meinen Titten saugten und das wohlbekannte ziehen, das sofort zwischen meinen Beinen folgte.

»Mein Gott, nun läuft sie nicht nur oben, sondern auch noch unten aus«, hörte ich nun auch eine fremde männliche Stimme.

»Oh das ist noch gar nichts, aber dazu später«, entgegnete Campino und zog mich vom Stuhl hoch.

»Steh still und lass Dir die Titten leersaugen«, befahl er mir, holte aus und traf meinen Hintern.

Wie immer saßen die Schläge hart und schmerzvoll, ohne Vorankündigung, aber ich war inzwischen gut trainiert. Kein Laut kam aus meinem Mund. Dann schob Campino mich zur Wand hinüber und befahl mich an dem Mädel festzuhalten, denn nun folgte der Rohrstock in seiner gewohnten Härte, kein wegstreichen des Schmerzes, keine Pause, Staccato. Zum Glück liebte ich dieses intensive Gefühl, das zentral und tief in die Haut hinein ging. Ich hielt durch, verzog keine Miene, atmete gleichmäßig den Schmerz weg, Campino sollte stolz auf mich sein.

Irgendwann hatten wir mal darüber gesprochen, dass ich noch nie eine Bullwhip kennengelernt hatte und nun kündigte mir Campino sie an. Ich sah sie förmlich vor mir – schwarz, ledern, angstmachend. Mir wollten die Knie weich werden, aber das ließ ich nicht zu. Ich wollte wissen, wie es sich anfühlte wenn sie sich um meinen Körper wickelte, sich einschnitt ins Fleisch. Campino stellte mich in die Mitte des Raumes und hob meine Arme hoch, damit ich mich im Bondagering an der Decke festhalten konnte.

»Bereit?«, fragte mich Campino.

Ich nickte nur und hörte, wie unser Besuch sich zurückzog. Dann holte er aus und ich wurde umarmt vom weichen Leder der Bullwhip. Immer und immer wieder wickelte sie sich um mich herum, der Schmerz war allgegenwärtig und überall spürbar. Ich fühlte mich geborgen und eingehüllt, in meinen Schmerz und schwebte dahintreibend, losgelöst von all meinen Gefühlen. Irgendwann hörte es auf und ich war beinahe enttäuscht.

Wie in Trance führte Campino mich nun, immer noch mit verbundenen Augen, zum Gynstuhl und ich legte mich darauf. Dieses mal schnallte er mich nicht fest, sondern legte nur meine Beine nach oben und nun durfte ich auch Laute von mir geben, denn er hatte schon seine Hand in mich hineingesteckt und bearbeitete mich zusätzlich mit dem Vibrator bis ich kurz vor dem Orgasmus stand.

»Du darfst.«

Das waren die Worte, die ich nun hören wollte und ich kam und kam und kam und spritzte im hohen Bogen ab. Denn Campino hatte mich nun so weit konditioniert, dass ich, immer wenn ich kam, abspritzte. Das war zu Hause ein Problem, denn ich konnte es mir nur noch in der Badewanne selber machen, sonst wäre mein Bett komplett nass gewesen. Nachdem sich die Wogen nun geglättet hatten, richtete mich Campino auf und strich mir über den Kopf.

»Nun mach die Sauerei hier mal weg, zieh dir was an und dann darfst Du auch Dein Stück Kuchen essen.«

Sprach Campino lächelnd und verließ mit den Anderen den Keller. Ich wusste bisher immer noch nicht, wer die Beiden waren, denn ich hatte immer noch die Augenbinde um.

Nachdem ich den Raum und mich gereinigt hatte, zog ich mir meine normalen Sachen an und ging in den Wohnbereich, wo Campino mit den Beiden in der Sitzgruppe saß. Und dann verstand ich auch, warum es keine Frau längere Zeit bei Dieter aushielt. Ich habe noch nie einen Menschen kennengelernt, der so eine unsympathische Ausstrahlung hatte. Er behandelte Frauen wie Dreck, redete in ihrer Anwesenheit nicht mit ihnen, sondern über sie und das in einer Art und Weise, die einfach nur widerwärtig war. Er meinte das auch keineswegs spaßig, er verachtete Frauen und zeigte das, wo er nur konnte. Nun waren mir auch die Telefonate klarer. Ein armseliger Mensch. Zeitgleich schoss mir durch den Kopf, dass er sicherlich durch Campinos Erzählungen genauso viel von mir wusste, wie ich von ihm. Auch dass er mich da unten nun so gesehen hatte, war mir sehr unangenehm. Ich spürte recht schnell, dass diese Antipathie auf Gegenseitigkeit beruhte, und merkte von diesem Tag an eine unterschwellige Veränderung bei Campino. Mir kam es so vor, als wenn Campino allein auf das Urteil Dieters gewartet hätte und ich war unwiederbringlich durchs Raster gefallen.

So kam bald, was kommen musste - der Abend, an dem alles schief ging.

Wir waren zu viert in einem Restaurant verabredet, Dieter hatte das Mädel vom Letzten mal dabei, die unscheinbar und etwas dümmlich wirkte. Wir unterhielten uns über alles Mögliche und kamen darauf zu sprechen, das mein Balkondach erneuert werden müsste, da es durch einen Sturmschaden zerstört wurde. Ich fragte Dieter, der nicht nur wie einer wirkte, sondern tatsächlich eine Art Hausmeister war und Campino schon bei diversen Umbauten am Haus geholfen hatte, ob er nicht Lust hätte sich ein paar Euro zu verdienen. Campino hatte schon erwähnt, dass er chronisch knapp bei Kasse war.

Wo ich denn wohnen würde, fragte Dieter mich nun:

»In Hohenschöngrünkohl«, war meine verschmitzte Antwort.

Alle schauten mich fragend an und mir fiel jetzt erst ein, dass niemand der Anwesenden gebürtig aus Berlin kam und diese Verballhornung nicht kannten. Doch es war zu spät.

»Willst Du mich verarschen? Ich muss mir von Dir echt nicht blöd kommen lassen«, wurde Dieter nun laut und schaute mich wütend an.

Ich schreckte vor der plötzlichen Aggression zurück und schaute Campino hilfesuchend an.

»Ja nett war das nun wirklich nicht. Da kannst Du Dich aber wenigstens mal entschuldigen«, hörte ich zu meinem Erstaunen Campino nun sagen.

Ich war fassungslos, welcher Film lief denn hier?

»Aber wofür denn? Das ist ein ganz gebräuchlicher Name für Berliner, genauso wie Schweineöde. Was kann ich dafür, dass ihr das nicht kennt?«, versuchte ich mich zu rechtfertigen.

Doch die Stimmung war gekippt und ich wäre am liebsten aufgestanden und gegangen. Stattdessen, hielt ich mich nun aus allen Gesprächen heraus und hoffte inständig, dass dieser Abend schnell vorbei gehen würde. Auf dem nach Hause weg herrschte eisiges Schweigen zwischen Campino und mir und ich hätte besser nach Hause fahren sollen. Denn Campino war sichtlich verärgert, was ich so überhaupt nicht verstand. Als ich mich dann im Bett an ihn kuscheln wollte, stieß er mich weg. Ich war fassungslos.

Fortan wurden die Nachrichten von Campino spärlicher, die Anrufe seltener und selbst die Treffen beschränkten sich. Wir sprachen zwar noch einmal über diesen unseligen Abend, aber ich spürte eine innere Blockade bei Campino, die ich nicht schaffte zu überwinden. Meine Bademantelärmel waren hingegen immer öfter hochgekrempelt, seine Wochenenden verplant und sogar eine dritte Zahnbürste stand nun im Bad. Daher wunderte ich mich nicht, als ich eine sehr lange Mail von Campino bekam, in der er mir mitteilte, dass er nach einiger Überlegung die Entscheidung getroffen hätte unsere Beziehung nicht mehr länger fortsetzen zu können.

»Wir haben eine ganz bemerkenswerte Übereinstimmung in allem, was SM und Sexualität im Allgemeinen angeht. Doch das haben wir gewiss und sogar in einer Konsequenz wie ich es vorher nicht erlebt habe. Darum tut es mir ohne Frage unendlich leid und ich bin mir der Tatsache bewusst, dass ich vermutlich niemanden mehr kennenlernen werde, die so lebendig ihre Rolle als Sub verkörpert, wie Du das machst«, schrieb mir nun der Mann, der mir vor noch knapp drei Monaten erklären wollte, »dass wir SM-technisch so gar nicht zusammen passten«. Und nun wo wir uns so gut eingespielt hatten, berief er sich plötzlich wieder auf sein Statement, als wir uns kennenlernten:

»Aber wir dürfen auch nicht die Kraft der Ablenkung und der Verklärung übersehen, die der ekstatischen Sexualität innewohnt und nach nunmehr einem halben Jahr miteinander habe ich das Bedürfnis, Farbe zu bekennen und hinter dem Rausch der hemmungslosen Lust, Perspektiven für mich oder uns auszumachen. Denn irgendwann, und das ist jetzt, endet die Zeit des losgelösten ›Spielens‹ und es stellt sich für mich die Frage nach einer tragfähigen Partnerschaft«, las ich weiter fassungslos, von dem Mann, der unser Spielen doch erst losgelöst hatte und es Erziehungsmaßnahme nannte.

Plötzlich sah er keinerlei Übereinstimmung mehr, die als tragfähige Säulen einer Partnerschaft taugen könnten. Im Gegenteil, je besser wir uns kennenlernten, je deutlicher offenbarten sich unsere Gegensätzlichkeiten.

Er drehte sich also alles genauso wie es ihm gerade in den Kram passte. Mal war es zu wenig Übereinstimmung im SM, dann wieder im privaten Bereich, zu wenig hiervon und zu viel davon. Erst wollte er aneinanderwachsen, dann plötzlich kategorisieren, dabei aber nur keine Kompromisse eingehen. Dabei hätte er es so einfach haben können, denn mein D/s bezog sich ja nicht nur auf Sexualität, sondern auch auf den privaten Bereich. Er hätte mich auch dort zu dem erziehen können, was er gerne gehabt hätte, aber auf die Idee kam er erst gar nicht. Ich war traurig und enttäuscht, dass er alles hinwarf.

Und dann erklärte er in einem einzigen Satz, was mein Bauchgefühl mir schon seit Wochen sagte, das alles erklärte und unwiederbringlich zu Nichte machte:

»Hinzu kommt noch, und auch das will ich nicht gering schätzen, der sentimentale Faktor, des Nicht-verliebt-Seins.«

Nun war es raus. Er hatte sich verliebt. In das umgekrempelte Bademantellärmelchen. 25 Jahre jünger als er, im SM noch unerfahren, ihn anhimmelnd. Ein Totschlagargument, dagegen war ich machtlos.

Aber ich rechnete ihm hoch an, dass er so ehrlich war und mich nicht wie all die anderen für dumm verkaufte und mir fiel ein Zitat ein, das ich seinerzeit Johann geschickt hatte.

»Wenn du gleichzeitig zwei Menschen liebst, wähle den zweiten, denn wenn du den ersten richtig lieben würdest, gäbe es keinen Zweiten.«

Johnny Depp

Wir spielten noch ein bis zwei mal miteinander, schließlich hatte er mich mit prallen Milchtitten zurückgelassen und ich wollte doch unbedingt, die Melkmaschine ausprobieren. Es war ein unvergessliches Erlebnis und eine unvergleichliche Sauerei. Ich hatte an diesem Tag meine Milch nicht abgepumpt, ich wollte, dass es richtig spritzte. Meine Brüste waren hart und prall gefüllt, als ich bei ihm klingelte. Er stellte mich als Erstes in die Dusche und ließ mich gegen die Glaswand spritzen, die Milch lief in Bächen daran herunter. Dann beorderte er mich in den Keller, dort hatte er die Milchpumpe schon aufgebaut. Er band mir meine Brüste ab, schnallte mich auf einer Bank fest und befestigte die Melkmaschine an meinen prallen Titten. Dann schaltete er sie an und sie sog sogleich alles aus mir heraus. Das Gefühl war unbeschreiblich und ich wurde geil wie Nachbars Lumpi. Campino bearbeitete zeitgleich meinen Hintern mit dem Rohrstock und steckte dann seine Hand in mich hinein. Es dauerte nicht lange und ich kam, laut und ekstatisch. Ich musste ja nicht mehr fragen und genoss das in dieser Situation sehr. Danach schickte er mich wieder nach Hause, schließlich hatten wir keine Beziehung mehr.

Wir sahen uns nie wieder.

Ich versuchte noch, meine abgepumpte Milch an Fetischisten im Netz zu verkaufen, aber die Nachfrage war einfach zu gering. So stellte ich die Pumperei und die Tabletten Einnahme ein, und der Milchfluss versiegte innerhalb kürzester Zeit.

Unsere Beziehung war von Anfang an rational, wir waren uns ebenbürtig, ja vielleicht sogar gleichberechtigt. Wir hatten jahrelange Erfahrungen im SM, standen mit beiden Beinen im Leben, bewunderten und respektierten uns gegenseitig, wussten, was uns gefiel und vor allem was wir nicht mehr wollen. Mir gefiel das, es hätte lange Bestand haben können, wir hätten aneinanderwachsen und voneinander lernen und vielleicht sogar irgendwann den anderen lieben lernen können.

Aber Männer werden eben nur sieben Jahre alt, danach wachsen sie nur noch und nur die Spielzeuge werden größer.

Für mich stand fest, dass es keinen Dom mehr geben würde. Ich war quasi undombar und stellte jegliche Suche ein. Campino hatte mir gezeigt, dass selbst der erfahrenste SMler mir nicht auf Dauer gewachsen war. Ich war zu intensiv, zu extrem, zu sehr Sub, um einen ebenbürtigen Gefährten zu finden. Mit jedem Mann den ich kennenlernte, wurde der Frustrationsprozess größer und das wollte ich nicht. Ich wollte glücklich sein, mehr nicht!

Kapitel 12

Ich war inzwischen 43 Jahre alt, seit 10 Jahren wusste ich von meinen SM Neigungen, ich hatte so ziemlich alle meine Träume ausgelebt. Aber hatte auch festgestellt, dass es Dinge gab, die einfach weiterhin im Kopfkino stattfinden mussten, weil sie real nicht erlebbar waren. Aber was hatten es mir gebracht. Keine meiner Beziehungen hatte Bestand, alle waren nach kurzer Zeit wieder kaputt gegangen. Die Szene war oberflächlich und wahllos, die Männer suchten nur Spielzeuge, Beziehung war ein Wort der Abschreckung. Im Gegenteil sie benutzen mich für ihre Zwecke, nahmen sich, was sie wollten und ließen mich fallen, wann immer ihnen danach war oder ein neues Spielzeug auftauchte.

Es war langsam an der Zeit den Spieß umzudrehen.

Ich war mit einer Freundin verabredet, die ich schon ein paar Jahre kannte. Sie war zehn Jahre jünger als ich und auch alleinerziehend. Sie kannte Campino, ich wusste, dass sie ab und an mit ihm gedreht hatte und wunderte mich nun, dass ich sie schon eine Weile nicht mehr bei ihm gesehen hatte.

»Nee Du, der tut zu doll weh. Ich hab jetzt etwas gefunden, was mir Spaß macht und was mir auch ein wenig Geld einbringt«, zwinkerte sie mir zu.

Sie gab mir einen Link zu einer Seite, die wohlhabenden Herren weibliche Gesellschaft vermittelten. Escort hieß das Zauberwort. Ich horchte auf und überlegte ein paar Tage, genau das war es doch! Sollten doch die Männer dafür bezahlen, dass sie mich benutzten und nebenbei konnte ich noch eine Fantasie ausleben: Mich für Sex kaufen zu lassen. Ich hatte kein schlechtes Gefühl dabei, wie oft wurde ich schon von Männern benutzt und verarscht, nur damit sie mich ins Bett bekamen. Gaukelten mir vor eine Beziehung zu wollen, nur wussten ihre Ehefrauen nichts davon. Sie nahmen sich, was sie wollten und warfen mich weg, wenn sie genug hatten, nahmen sich das nächste Spielzeug, warum konnte ich das nicht auch tun? Und so war es ehrlicher, jeder der Beteiligten wusste, dass es eine zeitliche Begrenzung geben würde, es wurde nichts vorgetäuscht und nichts verheimlicht.

Ich meldete mich auf dieser Seite an und erstellte mir ein Profil.

Mein erstes Date, war wie ein erstes Date mit sechszehn. Ich war aufgeregt und zitterig. Wie würde es sein und was würde von mir erwartet werden? Wir hatten uns bei ihm verabredet und natürlich hatte ich meiner Freundin eine SMS mit Namen und Anschrift zugeschickt. Ich wollte mich gleich danach wieder bei ihr melden.

Pünktlich, frisch geduscht und gestylt stand ich vor seiner Tür. Seine Wohnung war sauber und aufgeräumt und er sah auch ganz gut aus. Nach einem etwas verkrampften Gespräch in seinem Wohnzimmer, bat er mich in sein Schlafzimmer. Auch für ihn war es das Erste mal, gestand er. Und so war es schnell vorbei und unspektakulär.

Aber nun war das Eis gebrochen, auch hier wurde nur mit Wasser gekocht und so war ich gespannt auf die nächsten Treffen.

Es war erstaunlich, wie viele gut aussehende Männer dort angemeldet waren. Vom Firmendirektor bis zum Lehrer war alles dabei und so ließ ich es mir gut gehen. Ich ließ mich einladen und umwerben, erhielt kleine Geschenke und Blumen. Manch einer wollte tatsächlich nur Gesellschaft, viele waren verheiratet und aus beruflichen Gründen in der Stadt. Andere wiederum hatten spezielle Vorlieben, wollten angepinkelt oder am Bett festgebunden werden – also nichts, was mir fremd war. Sie luden mich in Swingerclubs oder Wellnessthermen ein, wollten einfach nur Spaß und einen versauten Abend.

Viele aber hatten Potenzprobleme und bekamen keinen hoch, dafür waren sie um so fantasiereicher und taten alles erdenklich um das wettzumachen. Sehr speziell waren die mit körperlichen Gebrechen, die wohl auf normalem Wege keine Frau bekamen. Ein sehr gut aussehender querschnittsgelähmter Mann, der seit einem Arbeitsunfall, bei dem er vom Baugerüst gefallen war, im Rollstuhl saß. Mit ihm sah ich mir Pornos an und er befriedigte mich mit dem Mund, er selbst hatte rein körperlich nichts davon. Eine Überwindung kostete mich einer mit einem künstlichen Darmausgang, denn auch er hatte mir vorher nichts davon erzählt. Aber was sollte ich machen? Plötzlich aufspringen und gehen?

Am liebsten waren mir die eingefleischten Junggesellen, die zwar ab und an eine Frau als Gesellschaft haben, aber sonst keine Beziehung wollten. Sie waren spendabel, zuvorkommend und meist intelligent. Es waren Abende mit guten Gesprächen und erlesenen Weinen in heimeliger Atmosphäre.

Ärgerlich war es, wenn Verabredungen nicht eingehalten wurde. Ich fuhr zu den vereinbarten Treffpunkten und niemand war da. Natürlich steckte eine Art von Machtspiel dahinter. Aber den meisten reichte wohl auch mit einer Frau zu schreiben, die sich kaufen ließ, das war schon verrucht genug.

Natürlich dauerte es nicht lange und mich schrieb ein Bekannter aus der SZ an. Aber wir hatten ja nun beide ein Geheimnis, denn wie sollte er seiner Frau erklären, auf welchen Portalen er sich überall herumtrieb. Es war die Art Mann, der für jede Frau eine Nummer zu hoch war. Ein Mr. Big unter den Männern, nach dem sich jede die Finger leckte. Graumeliert, umwerfend gut aussehend, charmant und ganz schrecklich versaut. Niemals hätte ich zu träumen gewagt, dass ich mich irgendwann mal mit so einem Exemplar treffen würde und dann noch regelmäßig. Er war genau wie seine Frau dominant und sie hatten die Vereinbarung, dass er sich nebenher mit devoten Frauen treffen konnte, genauso wie sie sich mit devoten Männern traf. Allerdings sah er BDSM eher als Spielerei, ein wenig Popoklopfen, Verführung und hartem Sex. Es war also ganz nett, aber eben nicht viel mehr.

Nach einem halben Jahr hatte ich genug. Meine Fantasie war erlebt und mein Frust verraucht.

Aber ich musste den Tatsachen ins Auge sehen, die Erkenntnis, dass es für mich wohl keine Beziehung im SM-Kontext geben würde, war einfach unwiderlegbar. Es gab keinen Mann, der mir dauerhaft das

Wasser reichen konnte, der an einer Beziehung arbeiten und sich tatsächlich auf mich einlassen wollte. Ich hatte viel erlebt, Dinge die mir im Traum nicht eingefallen wären, die sich aber real wundervoll angefühlt hatten. Ich hatte physische und psychische Schmerzen erlebt, habe sie genossen und gehasst. Habe geliebt und gelitten, war meinen Weg gegangen, bin aber dennoch nirgends angekommen.

Wenn dir jemand sagt, dass du ihm nahe bist,

heißt es noch lange nicht, dass er auch deine Nähe möchte.

Wenn Dir jemand sagt, dass du für ihn etwas Besonderes bist,

heißt es noch lange nicht, dass er auch das Besondere will.

Wenn dir jemand sagt, dass er dich so mag, wie du bist,

heißt es noch nicht, dass er dich wirklich kennt.

Wenn dir jemand sagt, dass alles Bisherige schal und abgestanden war,

heißt es noch lange nicht, das er nicht genau das aber wollte.

Wenn dir jemand sagt, dass er anders, tiefer, vielleicht auch schlimmer will,

heißt es noch lange nicht, dass er nicht genau davor Angst hat.

Wenn dir jemand sagt, dass du nicht austauschbar bist,

heißt das noch lange nicht, dass es schon längst wieder eine andere gibt.

Wenn dir jemand sagt, dass er deine Freundschaft will,

heißt das noch lange nicht, dass er auch bereit ist, sich wie ein Freund zu benehmen.

Deshalb höre gut zu, was man dir sagt, aber höre nie auf hellhörig zu sein. Denn Intuition ist Intelligenz mit überhöhter Geschwindigkeit!

Ich hatte mit den Jahren ganz genau gelernt zuzuhören, hatte Empathie in Bereichen entwickelt, wo sonst wohl niemand hinkam. Aber hatte auch genau aus diesen Gründen gelernt, meine eigenen Emotionen zurückzuhalten, mein Herz einzuschließen, um mir nicht mehr wehtun zu lassen.

Denn immer wenn es bei mir begann sich richtig anzufühlen, war es dem Anderen zu viel. Ich hatte einfach gehofft, auf jemanden zu treffen der sich dem gewachsen fühlte. Hingegen fand ich heraus, dass es rein körperlich auch für mich ein Zuviel gab und ich es nur durch meine Hingabe ertragen konnte.

80 Prozent meiner Fantasien waren Wirklichkeit geworden, ich hatte Dinge erlebt, die ich nie für möglich gehalten hätte. Habe Grenzen gesetzt und verschoben, bin über mich hinausgewachsen. Ich war in Sphären in die nur ganz wenige kommen, habe Gefühle gefühlt, die ich nie erahnt hätte.

Ich bereue nicht eine Minute dieser zehn gelebten Jahre und auch wenn ich mein Glück nicht gefunden habe, so bin ich dankbar, dass ich so viel über mich lernen durfte. Auch wenn es fast immer ungel(i)ebte Unterwerfung war. Eine Bitte hätte ich nur an alle männlichen Wesen:

»Jage nicht, was du nicht erlegen kannst.«

(Ares)

Nachschlag

»Wenn ich Blümchensex will, kann ich mich ja gleich an einer Wiese reiben«.

Er kuschelte sich an mich, er war warm und weich und schmiegte sich um mich herum. Seine blauen Augen schauten mich fragend an,

»tja dann denk mal darüber nach, ob ich dann der Richtige für Dich sein kann?! Wahrscheinlich wohl doch nicht. Aber wer und was bin ich dann?«

Ich schmunzelte in mich hinein.

Vor fast genau zehn Jahren fand ich heraus, dass ich immer und überall die Starke sein musste. Im Beruf, bei meinem Sohn und im Alltag und genau deshalb wollte ich mich in meiner Partnerschaft anlehnen können, mich fallen lassen und nicht immer bestimmen müssen. Einfach die Kontrolle abgeben! Das stimmte auch und es war auch in vielen Fällen eine absolute Bereicherung und der totale Ausgleich zu meinem sonstigen Leben. Aber seit knapp zwei Jahren hatte ich mein Leben komplett verändert. Mein Sohn war ausgezogen und lebte sein eigenes Leben, die dadurch viel zu große Wohnung hatte ich vermietet, meinen Job gekündigt und nun reiste ich durch die Welt. Ich musste keine Kontrolle mehr ausüben, konnte im Alltag schwach sein, mich treiben lassen. Und genau deshalb war es ganz einfach, in dieser wunderbaren neuen Beziehung, stark zu sein. Dabei ging es gar nicht um das Ausleben von irgendwelchen Fantasien und Praktiken, davon hatte ich genug erlebt. Genauso wie es war, war es richtig – leicht und zart. Es bedurfte keinerlei Kraftanstrengung ihn dahin zu lenken, wo ich hinwollte, ich wusste ja, was ich tat. Ich hatte also durch jahrelanges Folgen, gelernt zu führen. Natürlich spukte in meinem Kopf so einiges herum und wenn es sich ergab, spielte ich auch mit ihm. Aber ich achtete sehr darauf, seine Seele und sein Herzchen nicht zu verletzen, denn ich hatte ja selbst sehr oft erfahren müssen, wie schwer solche Wunden heilen. Nur in einem überließ ich ihm die Führung, beim Tango, den er bereitwillig lernte.

Ich schaute ihn an:

»Du bist mein Seebär und mein Eisbär, manchmal mein Brummbär, immer mein Schlafbär und mein Schnarchbär, neuerdings mein Tanzbär und mein Kuschelbär sowieso.«

Im Stillen dachte ich mir:

›Du wirst schon herausfinden, warum genau DU der Richtige für mich bist.‹

Ich genoss seine absolute Hingabe, von der er selbst noch gar nichts ahnte. Für ihn war es, selbstverständlich mir das Zepter zu überlassen, er wollte mir doch nur gefallen und ich liebte es, dass er so gerne artig sein wollte. Ich umarmt ihn fest, taucht mein Gesicht in sein Haar und flüstert nur ein Wort:

Meins!«

Danksagung

Mein Dank gilt meinem wundervollen Sohn, der mein ganzer Stolz ist!

Meine liebste Maliz, ich verdanke Dir so viel! Hab Dich lieb.

Meinem allerersten Lieblingsdom danke ich für die Erweckung aus meinem Dornröschenschlaf.

Ich danke der Liebe meines Lebens, dafür das ich sie erleben durfte.

Mein Dank gilt dem Mann, der mir endlich mal gewachsen war und der meine zweite Liebe hätte werden können.

Und natürlich dem, der mir zeigte, dass es auch für mich ein Zuviel gibt und dass auch noch so viel Erfahrung nicht die Liebe ersetzt.

Und dann danke ich all meinen Freunden für ihre jahrelange Freundschaft, ihr immer offenes Ohr und ihre Geduld mit mir!

Über die Autorin

Siri S, 1969 geboren, hat ihr gesamtes Leben in Berlin verbracht. Dort arbeitete die als Juwelierin, zunächst als Angestellte, später mit ihrem eigenen kleinen Geschäft.

Sie lebte ein normales Familienleben, doch die Familienidylle war trügerisch, in ihr brodelt Unbekanntes, das bei einer verhängnisvollen Affäre, aus ihr herausbricht. Erst nach der Trennung von ihrem langjährigen Lebensgefährten entdeckte sie, wer sie wirklich ist und was sie tatsächlich möchte. Ihre Reise ins Innerste beginnt und sie verliert sich darin, in der Hoffnung, sich selbst und ihr Glück zu finden.

Sie wird zu einer Berliner Szene-Bekanntheit, engagiert sich in verschiedenen Clubs und Partylocations und betreut Neueinsteiger und junge Frauen als Leiterin des »Subbiekränzchen's« und der Bondage-Gruppe »Miss Rope«.

Heute lebt sie auf einem Segelboot und bereist die Welt; allerdings gehört BDSM weiterhin zu ihrem Leben.

In ihrem ersten Buch hat sie ihre Erlebnisse und Gefühle aus den ersten Jahren ihres BDSM-Lebens niedergeschrieben.

Buchvorstellungen

Siri S - gelebte Unterwerfung

Ein autobiografischer BDSM-Roman

Siri S lebt BDSM. Sie engagierte sich lange und intensiv in der Berliner Szene, leitete das weit über die Hauptstadt hinaus bekannte »Subbiekränzchen« und die Bondage-Gruppe »Miss Rope«. In diesem Roman, der auf wahren Erlebnissen basiert, beschreibt sie, wie sie BDSM für sich entdeckt. Aus ihren Tagebuchaufzeichnungen ließ die Autorin einen Roman entstehen, der in ihrer ganz eigenen Sprache erzählt, wie sie ihre ersten Erfahrungen empfunden hat und schließlich BDSM als Teil ihrer selbst akzeptiert.

Dieser autobiografische Roman räumt mit allen Klischees über BDSM auf. Schonungslos und ehrlich erzählt Siri S und lässt die Leser daran teilhaben, wie sie ihre Neigungen entdeckt, wie sie zweifelt und schließlich zu sich selber findet. Sie schreibt von den Schwierigkeiten, den geeigneten Partner zu finden und von dem Glück, wenn man ihn gefunden hat. Sie räumt mit gängigen Klischees über BDSMler auf und am Ende werden sie feststellen, BDSMler sind auch nur ganz normale Menschen.

Lieferbar als Buch und eBook

ISBN eBook: 9783945967270

ISBN Buch: 9783945967287

Seitenzahl: 226

Format: 21 x 14,8 cm / Paperback

Verlag: Schwarze-Zeilen Verlag

Cara Morgen - Ich steh auf BDSM ... und du?

Ein Ratgeber zu den Themen: „Wie sag ich`s meinem Partner?" und „Wie finde ich den richtigen Partner?"

Dieser Ratgeber widmet sich dem richtigen Outing Ihrer BDSM-Neigung innerhalb der Beziehung. Wie bringen Sie Ihrem Partner Ihre Wünsche am besten bei – ohne dass er/sie geschockt reagiert. Wie gehen Sie mit ihrer/ seiner Reaktion um? Dieser Ratgeber gibt Ihnen die passende Hilfestellung.

Sie sind auf der Suche nach dem passenden Partner im BDSM-Bereich. Was für Besonderheiten gibt es bei der Suche zu beachten und wie finde ich den Partner, der zu mir passt? Wo finden Sie überhaupt Ihren passenden Gegenpart und wie erkennen Sie ihn oder sie? Auch hier wird Ihnen der Ratgeber eine große Hilfe sein.

Folgerichtig hat Cara Morgen beide Themen in einem Buch leicht verständlich und unterhaltsam vereinigt. Denn wenn es mit dem Partner gar nicht geht und die BDSM-Sehnsüchte zu groß sind, dann erfahren Sie in diesem Ratgeber auch gleich, wie Sie beim nächsten Partner auf den oder die richtige/n stoßen.

Lieferbar als Buch und eBook

ISBN eBook: 9783945967102

ISBN Buch: 9783945967140

Seitenzahl: 172

Format: 21 x 14,8 cm / Paperback

Verlag: Schwarze-Zeilen Verlag

Tanja Russ - Fesselnde Sehnsucht

Ein Highland BDSM-Liebesroman

Rebecka und Alec kennen sich schon eine ganze Weile und zwischen den beiden knistert es gewaltig. Doch Rebecka weiß, dass Alec auf BDSM steht und das schreckt sie ab. Alec hingegen spürt, dass tief in Rebecka die dunklen Sehnsüchte von Unterwerfung und Hingabe schlummern - aber er weiß nicht, wie er ihr so nahe kommen kann, dass er ihr behutsam den Weg zur Erfüllung ihrer geheimen Fantasien zeigen kann. Schließlich versucht er es mit der Hilfe von Rebeckas bester Freundin Lea, die Sie bereits aus dem Roman „Brombeerfesseln" kennen ...

Lieferbar als Buch und eBook

ISBN eBook: 9783945967393

ISBN Buch: 9783945967430

Seitenzahl: 288

Format: 21 x 14,8 cm / Paperback

Verlag: Schwarze-Zeilen Verlag

Tanja Russ - Brombeerfesseln

Ein BDSM-Liebesroman

Lea ist 29, Fotografin und überzeugte Singlefrau. Sie steht mit beiden Beinen fest im Leben und nimmt die Männer, wie sie kommen. Doch immer fehlt ihr dabei etwas. Bis sie Lukas begegnet. Streng, dominant, leidenschaftlich, bietet er alles, was Lea sich von einem Mann wünscht. Er macht ihr das verführerische Angebot, seine Sklavin auf Zeit zu werden. Lea lässt sich darauf ein und Lukas entführt sie in die dunkle Welt des BDSM. Eine Welt voller Dominanz und Unterwerfung, Schmerz und Lust, doch auch voller fürsorglicher Liebe und gegenseitigem Respekt. Aber Ihre besondere Beziehung hat ein Verfalldatum, die Vereinbarung lautet, 6 Monate bleiben sie zusammen ...

Lieferbar als Buch und eBook

ISBN eBook: 9783945967249

ISBN Buch: 9783945967317

Seitenzahl: 254

Format: 21 x 14,8 cm / Paperback

Verlag: Schwarze-Zeilen Verlag

Vanessa Haßler - Hiebe und Küsse

Wenn Liebe wehtun muss

In zehn Episoden erzählt die Autorin aus Ihrem Leben. »Hiebe & Küsse« ist in erster Linie die Beichte einer devot veranlagten Frau, es werden aber auch Erfahrungen Gleichgesinnter berücksichtigt. So ist in diesem Buch für jeden an BDSM interessierten Leser etwas dabei, egal ob devot, dominant oder Switcher. Besonderen Wert legte die Autorin auf glaubhafte Darstellung der Charaktere und Geschehnisse, was geschildert wird, basiert weitgehend auf wahren Begebenheiten.

Freimütig erzählt Vanessa Haßler von ihrem Verlangen nach Strafe und Schlägen. Der Inhalt von »Hiebe & Küsse« hat autobiographischen Charakter, berücksichtigt aber auch die Erfahrungen von Gesinnungsgenossen. Ein deutliches Gewicht lag überdies auf der glaubhaften Darstellung der Charaktere und Geschehnisse. Alles, was geschildert wird, basiert weitgehend auf realen Ereignissen. Wenngleich es in den Geschichten mitunter hart zugeht, ist eine gewisse Harmoniesüchtigkeit der Autorin unverkennbar, neben BDSM-Erotik kommen Liebe und Romantik nicht zu kurz und meistens gibt es ein Happy End.

Lieferbar als Buch und eBook

ISBN eBook: 9783945967157

ISBN Buch: 9783945967188

Seitenzahl: 220

Format: 21 x 14,8 cm / Paperback

Verlag: Schwarze-Zeilen Verlag

Um mehr über weitere Titel zu erfahren, besuchen Sie auch die Web-
seite des Verlags: www.schwarze-zeilen.de

Alle gedruckten Bücher können Sie auch direkt beim Verlag bestellen:
www.bdsm-buch.de

Impressum

ISBN 978-3-945967-62-1

Unsere Web-Adresse: www.schwarze-zeilen.de

© 2018 Schwarze-Zeilen Verlag

ein Imprint des Footstep Verlag,

Reichenaustr. 81c, 78467 Konstanz

info@schwarze-zeilen.de

Cover:	Satz & Bild
Coverfoto:	© Andrew – stock.adobe.com
Satz:	Schwarze-Zeilen Verlag